Haus Nummer 13

Nika Lubitsch

Haus Nummer 13

Nika Lubitsch

Kriminalroman

Lindenthaler Allee 36, 14163 Berlin
Telefon-Nr. 030/770 59 774
Mail: info@nikalubitsch.de

Webseite: www.nikalubitsch.de
Facebook: www.facebook.com/NikaLubitsch

Lektorat: Regine Weisbrod, www.lektorat-weisbrod.de
Korrektorat & Satz: Corinna Rindlisbacher, www.ebokks.de
Coverdesign: Catrin Sommer, www.rausch-gold.com
Coverfoto: shutterstock-634579259

August:
JVA Lichtenberg

Ich liege auf dem schmalen Kiefernholzbett und starre an die Decke. Wieder eine Nacht ohne Schlaf. Die umherirrenden Gedanken lassen keinen Schlaf zu, so sehr ich mich nach tröstlichem Vergessen sehne.

Es fällt bereits Tageslicht durch das vergitterte Rundbogenfenster, als ich das erste Schlüsselklappern höre. Um Viertel nach sechs wird die Tür zu meiner Behausung aufgeschlossen: zwei mal vier Quadratmeter in Grün und Grau gestrichen, die Wandfarbe könnte man mit viel gutem Willen als Mint bezeichnen. In den wenigen Tagen, in denen ich bereits hier einsitze, habe ich gelernt, dass um diese Zeit der Müll vor die Zellentür gestellt wird. Welcher Müll? Ich habe hier noch nichts, was ich wegwerfen könnte, außer meinem Leben.

Wer war der Tote in unserem Keller? Wieder und wieder stelle ich mir diese Frage. Dazwischen schieben sich die Gesichter meiner Kinder vor mein inneres Auge. Wie hat Andreas ihnen wohl meine Abwesenheit erklärt? Sie haben doch mitbekommen, dass die Polizei ihre Mama abgeholt hat. Und meine Eltern, wie würden sie den Schock verkraften?

Ich rolle mich auf der dünnen Matratze zusammen. Embryonalstellung. Daumen in den Mund, sich an sich selbst festhalten.

Um halb sieben geht die Tür erneut auf. Frühstück: Es gibt Tee. Die vier Scheiben Schwarzbrot und das Pflaumenmus habe ich bereits gestern zusammen mit dem Mittagessen erhalten. Danach starre ich wieder die grau gestrichene Decke an und wälze mich von rechts nach links und zurück. Und noch einmal von vorn. Zum tausendsten Mal lasse ich die letzten Monate Revue passieren. Wann hatte es begonnen, schiefzugehen?

Januar:
Der Kauf

Der Notar sah genervt hoch.

„Lina, Finn, los, setzt euch jetzt mal ruhig hin, das ist hier kein Spielplatz", übersetzte ich seinen Blick für unseren Nachwuchs, der fröhlich quiekend rund um den großen Konferenztisch Fangen spielte. Den Blick von Andreas brauchte ich gar nicht zu übersetzen, er lautete: „Habe ich dir nicht gesagt, dass die Kinder bei deiner Mutter bleiben sollten?" Ja, ja, ja, hatte er. Typisch Mann. Dabei hatte ich ihm in leuchtenden Farben ausgemalt: „Ich will, dass sie von Anfang an dabei sind. Schließlich werden sie das Haus eines Tages erben. Es ist ihr Haus, sie werden sich ein Leben lang an diesen Tag erinnern, als ihre Eltern den ollen Kasten gekauft haben."

Andreas hatte mich nur spöttisch angeguckt und gemeint: „Quatsch, meine Lebenserfahrung sagt mir, dass sie sich später erbittert um das Haus streiten werden, und wenn der Sand auf unsere Kisten gefallen ist, kein Wort mehr miteinander reden." Man sollte eben keinen Rechtsanwalt heiraten, das sind Zyniker.

Finn verzog das Gesicht zu diesem unwiderstehlichen

Lächeln, mit dem er später reihenweise die Mädchenherzen brechen wird, und kletterte auf den ihm zugewiesenen Stuhl. Lina drückte sich mit Unschuldsmiene an mich und legte den Kopf an meine Schulter. Ich hob sie hoch und setzte sie auf den Stuhl neben mir. So. Wir können anfangen.

Der Notar räusperte sich. „Die Erschienenen zu eins, Claudia Wöhrmann, geborene Mahler, und Dr. Andreas Wöhrmann, im Folgenden Käufer genannt ...“

Unauffällig versuchte ich mir die Hände an meinen Hosen abzuwischen. Ich war so aufgeregt. Bis zuletzt hatte ich Angst gehabt, dass die „Erschienenen zu zwei, Eva-Maria Genske, geborene Leonhard, und Hans-Jörg Genske, im Folgenden Verkäufer genannt“ vom Verkauf zurücktreten würden. Wir hatten mit unserem Kaufangebot hoch gepokert, allerdings war das, was wir ihnen als „Äußerstes“ geboten hatten, bereits weit über unserem eigentlichen Limit. „Die brauchen dringend Geld“, hatte Andreas gesagt, und ich musste ihm zustimmen.

Man hatte Eva-Maria Genske angemerkt, dass ihr der Verkauf der alten Villa das Herz brach. „Wir waren hier so glücklich“, hatte sie gesagt, und ich hatte die Tränen in ihren Augen schimmern sehen. Aus irgendeinem Grund hatten sie es eilig mit dem Verkauf, wir waren noch nicht dahintergekommen, warum. Ihr Mann Hans-Jörg hatte sich aus den Verhandlungen herausgehalten, in der Beziehung schien Eva-Maria die Hosen anzuhaben.

„Er schämt sich, dass sie das Haus verkaufen müssen“, erklärte mir Andreas das etwas zurückgezogene Verhalten des Verkäufers. Mir war es gleich, ob er sich schämte oder sie nachts in ihre Kissen weinte, ich wollte dieses Haus, genau dieses und kein anderes. Schon in dem Moment, in dem sich das Foto der alten Villa auf meinem Bildschirm aufgebaut hatte, wusste ich, das war das Haus unseres Lebens, die Erfüllung all unserer Träume. „Ja!“, hatte ich geschrien und sofort Andreas geweckt, der auf der Couch mit der „Zeit“ auf dem Gesicht eingeschlafen war.

Nie werde ich diesen regnerischen Sonntagnachmittag vergessen, als ich das Angebot auf immobilienscout.de entdeckt habe. „Guck mal, das ist es, mein Haus!“, hatte ich meinem Mann aufgeregt erklärt.

„Bist du verrückt? Das können wir uns nie im Leben leisten“, hatte Andreas missmutig gebrummt.

„Kein Verkauf wird zum eingestellten Preis abgewickelt“, sagte ich unnötigerweise, ganz so doof war mein Mann schließlich auch nicht. „Lass uns das Haus doch mal anschauen. Nur anschauen, Schatz!“

„Tu, was du nicht lassen kannst“, sagte mein Göttergatte und zog sich die „Zeit“ wieder über die Augen. Und so vereinbarte ich einen Termin mit den Erschienenen zu zwei.

Zum Glück hatten die Genskes selbst die Anzeige aufgegeben, so dass es keinen Makler gab, der ebenfalls die Hand aufhalten konnte.

Bereits beim ersten Besuch in der Burgunder Straße 13 verliebte sich auch mein Mann in den alten Kasten. „Reinster Jugendstil“, schwärmte er. Den Kindern gefielen vor allem die vielen Nischen und Winkel, in denen sie Verstecken spielen konnten, und der verwilderte Garten.

Natürlich waren wir nicht die einzigen Interessenten, aber alle anderen sagten nach und nach ab, weil ihnen die Sanierung des Hauses wohl zu aufwändig erschien.

Ich kannte das Haus seit meiner Kindheit, immer, wenn ich mit meinem Dackel Purzel auf der Rehwiese Gassi gegangen war, hatte ich es bewundert. Es war mir vorgekommen wie eine Trutzburg, ein Haus, dessen Mauern seine Bewohner vor allem Unbill beschützt. Es hatte grüne Fensterläden vor weißen Sprossenfenstern, war halb mit Efeu bewachsen, und die Krönung war ein spitzer, schiefergedeckter Turm, auf dem ein schmiedeeiserner Wetterhahn thronte. Schon als Kind hatte ich mich in dieses Turmzimmer geträumt, ich stellte mir vor, dass dort eine Prinzessin in einem weißen Spitzenkleid lebte. Das Haus hatte Alkoven und Veranden; direkt über dem Eingang, zu dem fünf Stufen durch einen Steingarten hinaufführten, gab es eine Terrasse, an der im Frühjahr die Glyzinien blühten. Es war ein verwunschenes Haus wie aus einem Märchen, eingebettet in einen Garten mit uralten Kiefern, Kastanien und einer riesigen Blutbuche. Mein Traumhaus war die Nummer 13 in einer winzigen, kopfsteingepflasterten Straße, die noch von den alten Berliner Gaslaternen unter dichten Platanen beleuchtet wurde.

Ich war in Berlin-Nikolassee aufgewachsen. Die Straßen an der Rehwiese mit ihren prächtigen Jugendstilvillen, die sich an den Hängen über dem Grünzug erhoben, waren für mich schon immer die schönsten der Welt. Die Rehwiese ist ein kleines Tal mit altem Baumbestand und saftigen Wiesen, das seine Form einer eiszeitlichen Gletscherbewegung verdankt. Ein Bachlauf, der nur bei starkem Regen Wasser führt, schlängelt sich fast drei Kilometer lang mitten durch die Rehwiese und verbindet den Schlachtensee mit dem Nikolassee. In der Schule hatte ich gelernt, dass die Seenkette des Grunewalds ein Zwischeneiszeit-Urstromtal ist. Der Begriff Urstromtal hatte mich immer fasziniert.

Hier habe ich als Kind Drachen steigen lassen, Schneemänner gebaut und mit meinen Freunden Ball gespielt. Ich habe hier nicht nur meinen ersten Kuss, sondern auch einen Heiratsantrag bekommen. Und jetzt würde ich hier wohnen, mit Blick auf mein Urstromtal.

Der Notar waltete seines Amtes und las mit tonloser Stimme den Kaufvertrag vor, den ich ohnehin schon fast auswendig kannte. Ich vertrieb mir die Zeit, indem ich Eva-Maria beobachtete. Ihre Augen wanderten unstet von rechts nach links, ohne dass ich ausmachen konnte, ob sie etwas Bestimmtes ansah. Hans-Jörg, der schweigsame Gatte, blickte deprimiert auf seine Hände, die er auf dem Tisch gefaltet hatte. Nein, die beiden würden keinen Rückzieher machen, obwohl unser Kaufangebot fast hundertfünfzigtausend Euro unter ihrem ursprünglichen eingestellten Verkaufspreis lag.

Doch auch diese hundertfünfzigtausend Euro machten den Kohl nicht wirklich fett. Andreas hatte meine Euphorie recht schnell gedämpft, indem er mir vorrechnete, was die Renovierung des alten Kastens kosten würde.

„Was heißt hier Renovierung, das Ding muss komplett restauriert werden", hatte er gesagt. Natürlich hatte mein Mann wie meistens recht. Die Trutzburg war reichlich ramponiert, überall bröckelte der Putz, das Dach musste repariert werden, und auch drinnen war es nicht mit ein paar Malerstunden getan. Wir hatten einen Sachverständigen hinzugezogen, der uns zumindest, was die Bausubstanz anging, Entwarnung gab: „Sie können das Haus beruhigt kaufen, es wird nicht billig, aber es könnte ein Schmuckstückchen werden."

Nächtelang haben wir hin- und hergerechnet. Wenn wir auf kleinere Autos umsteigen würden, Andreas seine Mitgliedschaft in dem sündhaft teuren Segelclub aufgäbe, wenn ich wieder halbtags würde arbeiten gehen, wenn, wenn, wenn. Wir rechneten einfach so lange, bis es passte. Unser Bankberater kriegte sich gar nicht mehr ein vor Freude über den hohen Kredit. Ich gebe zu, dass mir angesichts der Zinslast schwindelig wurde. Doch auch meine Eltern waren begeistert von dem Haus und zerstreuten unsere Bedenken. Sie steuerten ein schönes Sümmchen zum Kaufpreis als vorgezogenes Erbe bei. „Auf der Bank bekommt man im Moment auch keine Zinsen, dafür können unsere Enkel um die Ecke in diesem schönen Haus aufwachsen, und ihr habt etwas Wertbeständiges."

Und jetzt war ich am Ziel all meiner Wünsche, Träume und Hoffnungen. Die Trutzburg wurde unsere. Villa Wöhrmann, Berlin-Nikolassee. Wahnsinn.

Während der Notar beim Übergabetermin war, den wir auf den 1. April festgelegt hatten, war ich mit meinen Gedanken bereits beim Umbau. Ich riss Wände heraus, verband Bad und Kammer, verlegte die Küche, brach Durchgänge und richtete im Turm meiner Tochter Lina ihr Prinzessinnenparadies ein.

Endlich, endlich war der Notar fertig. „Haben Sie noch Fragen?“

Nein, verdammt, wir haben keine Fragen mehr, los, unterschreibt endlich, je schneller wir hier rauskommen, desto besser.

Ich sah, wie Eva-Maria kurz zögerte, bevor sie den Stift nahm. Sie sah ihren Mann nicht an, aber ich spürte, dass die beiden stumm kommunizierten. Genauso, wie ich mich mit Andreas wortlos absprach. Als die beiden uns endlich das unterzeichnete Blatt hinüberschoben, hatte ich Angst, dass man die Steine von unseren Herzen plumpsen hören konnte. Auch Andreas war längst ganz wild auf das Haus, nachdem er anfangs seinem Ruf als großem Skeptiker hatte gerecht werden müssen. Ich setzte meine Unterschrift schwungvoll unter den Notarvertrag.

Vor der Tür plauderten wir noch ein wenig. Was man so sagt nach einem Notartermin.

„Viel Glück im neuen Haus.“

„Danke, es wird erst mal viel Arbeit, wir werden total umbauen.“

Lina und Finn waren auffällig leise. Als ich sie kurz darauf suchte, wusste ich, warum: Sie hatten sich unter dem Treppensturz versteckt, um uns zu erschrecken.

April:
Die Übergabe

Die Zeit bis April kroch voran wie eine Nacktschnecke. Wir hatten geplant, einen Teil des Hauses so schnell zu renovieren, dass wir dort bereits am 1. Juni würden einziehen können. Dem Sicherheitsbedürfnis meines Mannes hatten wir es zu verdanken, dass wir unsere Wohnung noch nicht gekündigt hatten, weil „man weiß ja nie, was passiert". Außerdem mussten wir auch unsere jetzige Wohnung renovieren, wir wohnten hier bereits seit Finns Geburt vor sechs Jahren.

Aber irgendwann gehen auch die längsten Monate vorbei. Mehrmals in der Woche gingen wir abends rund um die Rehwiese spazieren und schauten in gebührendem Abstand auf unser Haus, wir wollten den alten Besitzern nicht das Gefühl geben, dass wir sie herausdrängen oder gar stalken würden. Aber es war einfach ein gutes Gefühl, dieses wunderschöne Haus zu betrachten und zu wissen, dass es uns gehörte.

Danach saßen wir über den Grundrissen und diskutierten. Ich wollte unbedingt eine große offene Küche zu der Zimmerflucht im Erdgeschoss haben. Was bedeutete, dass dorthin auch Versorgungsleitungen gelegt werden mussten.

Nach einigen Wochen unfruchtbarer Diskussionen, was ging und was nicht, einigten wir uns darauf, dass wir einen Fachmann mit der Planung beauftragen sollten. Da traf es sich gut, dass Andreas' alter Schulfreund Mike Architekt war. Von ihm lernten wir, dass wir an der Fassade nichts verändern durften, das Haus stand unter Denkmalschutz. Auch die alten Bäume, die zwei Seiten des Hauses verschatteten, durften nicht gefällt werden. Ein Teil meiner Umbau- und Gartenträume erwies sich somit als Seifenblasen, aber ich beruhigte mich damit, dass ich dieses Haus, so wie es war, immer gewollt hatte. Ja, ich redete mir sogar ein, dass das Haus mein Schicksal sei, dass es mich schon als Kind gerufen habe, dass wir füreinander bestimmt seien. Andreas lachte mich wegen meiner esoterischen Anwandlungen aus. Sollte er, ich jedenfalls wusste, dass alles richtig war.

Und dann war er endlich da, der große Tag. Wir waren um zwölf Uhr mittags mit den Genskes zur Schlüsselübergabe verabredet. Was für ein Gefühl, das erste Mal als Besitzer durch das quietschende Gartentor zu schreiten, die ausgetretenen Stufen hinauf zur Eingangstür.

Ein sirenenartiges Geheul unterbrach jäh das erhabene Gefühl. Finn war an der Seite der Treppen hochgesprungen und mit seinen kleinen Füßen zwischen zwei Steinen hängen geblieben. Andreas, der vorausgegangen war, drehte sich genervt um. Ich übergab ihm die Hand seiner Tochter und eilte zurück zu meinem Kleinen, der sich bei der Aktion das Knie aufgeschürft hatte.

„Nicht so schlimm", beruhigte ich ihn, setzte mich auf eine Stufe und holte aus meiner riesigen Handtasche das First-Aid-Kit, das bei keinem unserer Ausflüge fehlen durfte. Eva-Maria hatte den Indianeraufstand vor dem Haus gehört und wartete in der Eingangstür. Nachdem Finn beruhigt, das Knie desinfiziert und verpflastert war, konnte dann auch der Rest der Familie Wöhrmann endlich ihr neues Heim betreten. Aus dem Haus strömte uns ein muffiger Geruch entgegen. Hatte es hier drin schon immer so komisch gerochen?

Als wir in das große Wohnzimmer traten, durchfuhr mich ein eisiger Schreck. Jetzt, wo hier keine Möbel mehr standen, sah man dem Haus seine Vergangenheit an. Wie Jahresringe hatten sich Farb- und Tapetenschichten um die Wände gelegt, offensichtlich hatten die Besitzer immer wieder um große Schränke herum renoviert. Da hingen Tapetenfetzen mit grünen Farnen vor rosafarbener Leimfarbe von der Wand, der Parkettboden, von dem wir unter den Teppichen der Genskes nur Streifen gesehen hatten, war rund um die Wände stumpf und teilweise schwarz.

„Tja", sagte Eva-Maria Genske, „das wär es also."

Mir hatte es die Sprache verschlagen. Was hatten die mit dem Haus gemacht? Es hatte doch ganz manierlich ausgesehen, okay, ihre Einrichtung war nicht unser Geschmack gewesen, kein Wunder, die Genskes waren bereits Ende siebzig, Anfang achtzig und hatten offensichtlich ein Faible für klobige Hülsta-Schrankwände aus den Achtzigerjahren. Fassungslos wanderte ich durch die leeren Räume. Es gab nicht ein einziges Zimmer, das nicht diese deprimierenden Spuren einer offensichtlich bewegten Vergangenheit trug.

„Sie hatten ja sowieso vor zu renovieren", sagte Eva-Maria, die meinen betretenen Blick ganz richtig deutete. „Wissen Sie", fügte sie hinzu, „wir haben hier in den vergangenen dreiundzwanzig Jahren nur einmal renovieren müssen, die Küche natürlich öfter."

Was interessierte mich ihre blöde Küche, die flog sowieso raus. Hans-Jörg kam hinzu, er war offensichtlich auf der Toilette gewesen, denn mit einem geübten Griff prüfte er den korrekten Sitz seiner Genitalien. Ich verzichtete darauf, ihm die Hand zu geben. „So", sagte er, „dann können wir Ihnen ja die Schlüssel übergeben. Wenn Sie uns den Empfang quittieren würden, ich habe alles vorbereitet, liegt auf dem Fensterbrett in der Küche."

Ich warf Andreas einen verzweifelten Blick zu. Er zwinkerte mir aufmunternd zu. „Wir schauen uns jetzt ganz in Ruhe Raum für Raum an und machen ein Übergabeprotokoll", sagte mein Mann. „Ich habe dazu auch alles vorbereitet." Manchmal ist es doch nicht so schlecht, mit einem Rechtsanwalt verheiratet zu sein.

Die Übergabe des Hauses dauerte Stunden. Die Kinder wurden quengelig, da draußen inzwischen ein kräftiger Frühlingsregen fiel, mussten sie im Haus spielen. Immer wieder wurde unsere Begehung durch spitze Schreie unterbrochen, „Iiiiihhhhh, bäh, ein Spinngewebe" und ähnliche Kommentare schallten durch das leere Haus. Die meiste Zeit verbrachten wir im Keller mit der Übergabe der Gasheizung. Unser Architekt hatte uns zum Austausch des Gasbrenners geraten, da die vorgeschriebene Energieeffizienz bei der alten Anlage nicht mehr erfüllt wurde. Andreas ließ sich alles haarklein erklären, zwischendurch machte er Fotos mit seinem Smartphone.

Warum dauerte das alles so lange? Ich wollte, dass sie gingen, ich wollte mich auf die Treppe setzen und heulen. Natürlich hatte ich gewusst, dass wir renovieren mussten, der Sachverständige hatte uns deutlich gesagt, dass so einiges im Haus im Argen lag. Aber in meinen schlimmsten Albträumen hatte ich mir den Grad der Verwahrlosung dieses Hauses nicht realistisch ausgemalt. Wie gut, dass wir unsere Wohnung noch nicht gekündigt hatten, der 1. Juni als Einzugstermin war absolut illusorisch.

Aber auch die längste Begehung hat irgendwann ein Ende. Mir taten die Füße weh und das Herz, ich verabschiedete mich von Eva-Maria und Hans-Jörg mit einem absichtlich schlaffen Händedruck, sie sollten merken, dass ich am Ende meiner Kräfte war.

Als sie endlich gegangen waren, ließ ich mich auf eine Stufe der Eichentreppe sinken. Der vormals hier angebrachte Läufer war immer noch gut als stumpfe, graue Fläche in der ansonsten edel glänzenden Treppe zu sehen. Andreas sagte: „Warte mal, darauf müssen wir jetzt anstoßen!“ Er hatte in einer Kühltasche Champagner und Gläser mitgebracht, die Kids bekamen Traubensaft.

„Mir ist ganz schlecht“, sagte ich.

„Wieso das denn?“, fragte Andreas erstaunt, er setzte sich neben mich und nahm mich in den Arm.

„Das ganze Haus ist Schrott!“, quetschte ich hervor.

„Es wird ein Schmuckstück!“, beruhigte mich Andreas, während er die Flasche öffnete.

Komisch, beim Kauf des Hauses war ich diejenige, die absolut euphorisch gewesen war. Und jetzt schien mich mein Ehemann in puncto Euphorie rechts zu überholen.

„Auf die Villa Wöhrmann, unser Traumhaus!“, sagte er.

Ich schluckte die Tränen hinunter und stieß mit ihm an. „Es ist, es ist …“ Mir fehlten die Worte, um den Zustand des Hauses zu beschreiben.

„Es ist herunterkommen, ist doch klar, hier ist so gut wie nie renoviert worden, und wenn, dann um die Möbel herum. Das ist doch spannend, guck mal, diese Tapete, die da hinten herunterhängt, das ist klassisches Dreißiger-Jahre-Design.“

„Ja“, sagte ich, „ist dir klar, dass wir das alles erst mal schichtenweise abtragen müssen?“

„Was hast du denn gedacht? Hast du eigentlich nicht zugehört, wozu haben wir denn einen Sachverständigen beauftragt?“

Ich nickte. Klar, hatte ich zugehört, aber ich hatte wahrscheinlich nur das gehört, was ich hören wollte. Im Gegensatz zu meinem realistischen, nüchtern denkenden Ehemann. Er nahm mich in den Arm und gab mir einen Kuss. „Claudi, das ist doch dein Traumhaus! Nun mach nicht so ein Gesicht wie sieben Tage Regenwetter. Das wird das tollste Haus, das du je gesehen hast, noch viel schöner, als du es dir erträumt hast.“ Ich nickte an seiner Brust.

„Mama, wann gehen wir endlich?“ Finn zupfte mich am

Ärmel. „Ich hab Hunger!“ Meine kleine Maus stand vor mir und schaute mich besorgt an. Ich richtete mich auf.

„Okay, okay, was haltet ihr davon, wenn wir jetzt zur Feier des Tages essen gehen?“

„Jaaa, ich will Pizza!“, rief Finn.

Der Alltag hatte uns wieder.

April:
Renovierungen

Wir hatten die Renovierungsarbeiten so geplant, dass wir zuerst den rechten Teil des Hauses renovieren wollten und währenddessen die Instandsetzungsarbeiten am Dach und wichtige Sanierungsmaßnahmen beispielsweise an den Steigleitungen vornehmen könnten. Das bedeutete, dass ich die alte Küche weiterhin nutzen würde und auch die Bäder durch Zusammenlegung erst mal nicht vergrößert werden sollten. Die Schlafzimmer im Obergeschoss lagen auf der rechten Seite des Hauses, sie schienen uns die geringsten Probleme zu bereiten, hier sollte ein neuer Anstrich ausreichen, so dass wir dort bereits im Juni würden wohnen können.

Ein Problem, worauf uns erst der Architekt hingewiesen hatte, war die Handwerkerknappheit. Maler, Trockenbauer, Klempner, Elektriker, Lackierer und Dachdecker schienen auf Jahre hin ausgebucht zu sein. Da half kein Bitten, Betteln oder gar Mit-Geld-Winken, das wir ohnehin nicht hatten, wir mussten warten.

„Wir hätten mit dem Kauf auf die nächste Wirtschaftskrise warten sollen“, sagte Andreas.

„Meinst du, die kommt?“, fragte ich.

„Mit tödlicher Sicherheit. Und dann stehen die bei uns auf der Matte und betteln um Aufträge, warte es ab!“

Natürlich wollten wir nicht auf eine eventuelle Rezession warten, deshalb beauftragten wir auch nicht die preiswertesten Handwerker, sondern die, die am ehesten Zeit für uns hatten. Und wir entschlossen uns, selbst Hand anzulegen. Konnte ja nicht so schwer sein. Das alte Zeug von den Wänden runterkratzen konnten wir auch alleine, ebenso wie wir selbst die Türen und Fenster von der blätternden Farbe befreien konnten.

„Ich habe nicht nur meine Studentenbude selbst renoviert, sondern auch die von meinen Freunden“, sagte Andreas. Ich musste lachen, schließlich beauftragte der Mann zu Hause für jeden Nagel, der in die Wand geschlagen werden sollte, einen Handwerker. Wenn es hart auf hart kam, war ich diejenige im Hause Wöhrmann, die todesmutig mit Bohrmaschine, Wasserwaage, Hammer und Zange einem Problem zu Leibe rückte. Aber ich verkniff mir eine dicke Lippe, und so begannen wir bereits am Wochenende nach der Inbesitznahme mit den Renovierungsarbeiten.

Wir fingen mit den Schlafzimmern im Obergeschoss an, genauer gesagt mit den beiden Schlafzimmern, die keine Wasserflecken an der Decke aufwiesen. Denn der früheste Dachdeckertermin, den wir hatten ergattern können, war im September. Wir konnten nur auf einen trockenen Sommer hoffen.

In den Tagen vor unserem Renovierungsbeginn habe ich jeden Tag das Nötigste zur Villa Wöhrmann gekarrt:

einen Gartentisch mit vier Stühlen, Unmengen von Spielzeug und Matratzen für die Kids, damit sie sich nicht langweilten und auch ihren Mittagsschlaf dort halten konnten. Ich habe eine billige Mikrowelle gekauft und ein paar Töpfe, Besteck und Geschirr in das Haus Nummer 13 geschafft. Die Bäder habe ich mit Papier, Seife und Handtüchern ausgestattet. Und geputzt. Die Küche, die Bäder. Drei Flaschen Sagrotan-Spray sind dabei draufgegangen. Trotzdem stank es in dem Haus immer noch erbärmlich. Nach vergammelter Milch?

Nachdem ich den Kühlschrank wieder angeschlossen und mit Getränken aufgefüllt hatte, fühlte ich mich schon ein wenig zuversichtlicher. Ich beschaffte Fertiggerichte und Eintöpfe in Dosen als Vorrat für arbeitsreiche Tage und sorgte mit transportablen Lampen für Beleuchtung.

Am Freitagabend fuhren wir mit der ganzen Familie zu Obi und besorgten alles, was man laut Andreas für eine ordentliche Arbeitsvorbereitung brauchte, also Spachtel, Pinsel, Tapetenlöser und Abbeizmittel, Eimer, Lappen, Schleifmaschine, eine Klappleiter und mindestens tausend andere Dinge, von denen ich keine Ahnung hatte, wozu man sie überhaupt brauchen könnte. Ich hätte es zunächst mit Wasser versucht, im Notfall mit Seifenlauge, aber wenn Andreas etwas vorbereitete, dann machte er das gründlich. Zwei todschicke Maleranzüge aus weißem Vlies gehörten ebenso zu unserer Erstausstattung, die Andreas als profimäßig bezeichnete. Ich hatte also drei Kinder zu beaufsichtigen.

Am Samstag fuhren wir frühmorgens in unsere Villa. Es war ein wunderschöner Frühlingstag, die Sonne schien von einem geradezu azurblauen Himmel, was mich daran erinnerte, dass ich unbedingt einmal die Lichtverhältnisse in der Villa prüfen wollte. Wir hatten das Haus noch nicht zu allen Tageszeiten gesehen, vielleicht, so mutmaßte ich, würden sich ja dann unsere Raumbelegungspläne noch mal ändern. Ach, es gab so viel zu bedenken, ich war schon ganz hibbelig.

Was ich meiner Familie noch nicht verraten hatte, war, dass ich bereits ein Namensschild für unsere Klingel und den Briefkasten an der Gartenpforte in Auftrag gegeben hatte. Andreas staunte, als er unseren Namen dort in blank poliertem Messing fand.

„Oder findest du, dass wir es machen sollten wie unsere Nachbarn? Die meisten scheinen sich zu fein zu sein, ihren Namen auf das Klingelschild zu pappen", fragte ich ihn.

„Die sind sich nicht zu fein, die haben Angst."

„Wovor?", fragte ich.

„Weißt du, wer hier in der Nachbarschaft wohnt? Das sind Industrielle, Banker, Politiker, Diplomaten, Prominente. Die haben ein großes Bedürfnis nach Diskretion."

„Du meinst, die haben Angst vor Anschlägen?"

„Ja, oder vor Entführungen, Erpressungen. Reiche Menschen sind nun mal angreifbar."

Ich hatte nie zuvor darüber nachgedacht, dass wir jetzt wohl auch in die Kategorie reich eingeordnet werden würden, obwohl wir wahrscheinlich bis an unser Lebensende dieses Haus würden abbezahlen müssen. Ohne den Zuschuss meiner Eltern hätten wir das Projekt niemals stemmen können.

„Wo fangen wir an?", fragte ich motiviert.

„Lass uns mit unserem Schlafzimmer beginnen", sagte Andreas. Wir schleppten also die Eimer und Tüten, die wir am Vorabend erstanden hatten, in die erste Etage, während sich die Kids mit Begeisterung auf die Matratzen und ihre Spielsachen, die ich im Erdgeschoss abgelegt hatte, stürzten. In einer neuen Umgebung konnten alle Spielzeuge wieder neu entdeckt werden.

„Puh, das stinkt", sagte Lina, als sie uns in der oberen Etage besuchte. Wir hatten bereits die Fensterrahmen mit Abbeizmittel gestrichen. Andreas hatte uns zwar zu zwei schicken Maleranzügen verholfen, allerdings wäre es sinnvoller gewesen, wenn wir einen Mundschutz dazu erstanden hätten. Lina hatte recht, das Zeug stank erbärmlich und reizte die Schleimhäute.

„Glaubst du wirklich, das funktioniert?", fragte ich Andreas skeptisch. Denn außer Gestank konnte ich nur sehen, dass die ohnehin abblätternde Farbe sich zwar an einigen Stellen kräuselte, aber sonst passierte nichts.

„Klar, wir können die Farbe später einfach runterkratzen", sagte Andreas.

„Warum haben wir sie denn nicht gleich abgeschliffen?", fragte ich. Natürlich war das Geräusch penetrant, aber noch penetranter als diese Chemiegase konnte kein Geräusch der Welt sein.

Um einem ersten Krach über die Arbeitsmethoden aus dem Weg zu gehen, annoncierte ich, dass ich jetzt das Mittagessen zubereiten werde. Ich musste nur noch die eingefrorene Tomatensauce, die ich am Morgen mitgenommen hatte, in der Mikrowelle aufwärmen und einen Topf Wasser für die Spaghetti aufsetzen.

Obwohl wir nicht länger als zwei Stunden gearbeitet hatten, tat mir bereits der Rücken weh. Was ich allerdings darauf zurückführte, dass ich in den vergangenen Tagen schwer getragen und geschuftet hatte. Ich war ein wenig traurig, dass niemand bemerkte, wie ich unser neues Haus bereits für meine Familie vorbereitet hatte. Typische Hausfrauenarbeit, sie war einfach selbstverständlich. Nun, sagte ich mir, bald würde ich wieder in meinem Beruf arbeiten, da bekam ich dann wenigstens ein wenig Anerkennung. Ich freute mich darauf, bald wieder als Radiologie-Assistentin tätig sein zu können. Und mein Gehalt brauchten wir dringend.

Bis zum Arbeitsantritt in meinem neuen Job in der Charité blieben mir noch vier Monate, die ich für die Arbeit an der Villa nutzen wollte.

Allerdings bekam ich erst an diesem Frühlingstag eine ungefähre Ahnung davon, wie viel Arbeit uns noch bevorstand. Nachdem die Beize vorschriftsmäßig eingewirkt hatte, konnten wir ein paar Krümel Farbe von den Fensterrahmen entfernen.

„Das wird so nix", stellte ich resigniert fest.

„Doch, das funktioniert, glaub mir", sagte Andreas. „Allerdings haben die hier wohl seit hundert Jahren nur übergestrichen, wir werden wohl Schicht für Schicht runterholen müssen."

„Mit Abbeizer?"

„Genau!"

Natürlich war der Abbeizer nach dem ersten Auftragen aufgebraucht. „Ich spring dann mal schnell zu Obi", sagte mein Mann.

„Nee, lass mal, ich fahre, ich habe vergessen, Eier für morgen zu kaufen", sagte ich und schnappte mir die Autoschlüssel. Mein Mann alleine im Baumarkt – nein danke!

Obwohl ich uns einen Mundschutz besorgt hatte, waren wir am Sonntagabend heiser von den Dämpfen. Der Abbeizer war wieder aufgebraucht, ich war wohl ein wenig zu optimistisch gewesen. Dabei hatten wir noch nicht mal mit den Türen angefangen.

Am Sonntagabend quälte ich mich vor den Laptop und googelte nach der richtigen Methode, um Lack zu entfernen. Föhn und Spachtel, wurde empfohlen. Ich sagte gar nichts, sondern entschied, das Rezept am Montag auszuprobieren.

Nachdem ich meinen Sohn an der Schule und meine Tochter im Kindergarten abgesetzt hatte, machte ich mich am Montagvormittag mit Föhn und Spachtel auf zu unserem Haus. Wir hatten über Nacht alle Fenster im Obergeschoss offen gelassen, trotzdem bekam ich bereits auf der Treppe einen Hustenanfall.

Die Methode Föhn und Spachtel funktionierte an den Fenstern sehr schlecht, denn ich hackte immer wieder mit dem Spachtel in das Holz, das dann splitterte, während die alten Lackschichten sich über fünfzehnhundert Volt totlachten. Dann versuchte ich die Methode an der Schlafzimmertür: Das ging erstaunlich gut. Es ging so gut, dass ich fast vergessen hätte, meine Kinder wieder abzuholen.

Schnell wusch ich mich und zog mich um. Als ich in meinen Renault stieg, den ich direkt vor dem Haus Nummer 13 geparkt hatte, sah ich, dass Werbung aus unserem Briefkasten quoll. Also stieg ich noch mal aus und öffnete den Briefkasten. Zu meinem größten Erstaunen gab es dort sogar einen Brief an uns. Neugierig öffnete ich den Brief als Erstes im Auto.

August:
JVA Lichtenberg

Um halb zwölf überreicht mir eine Hausarbeiterin vor der Zellentür einen Möhreneintopf, bewacht von einer Beamtin der JVA, an deren Hosenbund ein dickes Schlüsselbund hängt. Auf ihrem Rücken prangt in großen Lettern das Wort „Justiz“. Ich nehme einen leichten Schweißgeruch wahr.

Die Frau, die mir den Eintopf einschenkt, ist eine dicke Schwarze Frau mit vielen kleinen Zöpfen, die sie zu einem Pferdeschwanz zusammengebunden hat. Neben den leuchtenden Karotten in der Suppe der einzige Farbklecks in dieser grau-grünen Welt. Die Suppe schmeckt erstaunlich gut, sie erinnert mich an die Möhrensuppe meiner Mutter.

Mein Gesicht, das ich in dem kleinen Spiegel über dem Waschbecken sehe, hat sich farblich der Umgebung angepasst. Ich sehe aus wie eine Verrückte, die halblangen blonden Haare haben sich in tausend kleinen Löckchen verknotet, unter meinen Augen liegen tiefe Schatten, meine Nachtschattengewächse nenne ich sie.

Ich fiebere der Freistunde entgegen, die die Untersuchungshäftlinge gemeinsam im Hof verbringen dürfen.

Dort stehen zwei Tischtennisplatten, die immer mit denselben Frauen besetzt scheinen. Ständig fliegen mir Tischtennisbälle zwischen die Füße. Aber immerhin gibt es hier ein wenig frische Luft.

Wir sind in Wohngruppen untergebracht, der Hofgang ist bisher mein einziger Kontakt zu den anderen Frauen meiner Gruppe, mit denen ich gemeinsam auf einem Flur eingeschlossen bin.

Natürlich will jede wissen: Warum bist du hier? Was wirft man dir vor?

Was soll ich sagen? Die Frauen, die ich auf dem Hof treffe, kommen aus einer anderen Welt als der, in die ich hineingeboren wurde. Allerdings sind die Taten, für die sie hier in Untersuchungshaft sitzen, gegen die mir zur Last gelegten Vergehen Peanuts. Was ich im Moment brauche, sind keine neuen Freundschaften, sondern Zeit, um nachzudenken. Und so liege ich nach dem Hofgang auf dem harten Bett, und an der grauen Decke läuft der Film meines Lebens. Der erste Brief schlug in mein bis dahin wohlbehütetes Leben ein wie eine Bombe.

April:
Post

Liebe Wöhrmanns!

Erlauben Sie mir, Sie herzlich willkommen zu heißen in der Nummer 13 in unserer kleinen Straße. Es ist schön, eine junge Familie mit zwei so netten Kindern hier zu haben, was ist ein solches Haus ohne Kinderlachen?
Es wurde auch höchste Zeit, daß endlich wieder Kinder durch das Haus toben. Deshalb bat ich die Genskes, mir junges Blut zu bringen, ihre Zeit in diesem Haus war abgelaufen.
Ich sehe, daß Sie bei der Renovierung des Hauses auch selbst Hand anlegen. Das ist höchst lobenswert. Nur wenn man etwas mit seiner Hände Arbeit schafft, kann man es sich zu eigen machen. Oder müssen Sie einfach Kosten sparen?
Wahrscheinlich können Sie sich dieses Haus eigentlich gar nicht leisten, es war sicher viel teurer, als Sie ursprünglich an Geld haben ausgeben wollen. Da muß man schon mal den einen oder anderen Hand-

werker einsparen und selbst mit anfassen. Obwohl Rechtsanwälte nicht gerade für ihre handwerklichen Fähigkeiten bekannt sind.
Vielleicht sollten Sie in Erwägung ziehen, den Range Rover zu verkaufen, reicht Ihnen denn der Renault nicht? Es ist sowieso viel zu eng für so ein großes Auto in der kleinen Straße.
Interessiert Sie überhaupt die Vergangenheit dieses Hauses? Ich könnte Ihnen einiges berichten über seine bewegte Geschichte und seine ehemaligen Bewohner.
Ich sehe, wie Sie gerade die Stirn runzeln und sich fragen, wer der Schreiber dieser eigenartigen Zeilen ist. Nun, lassen Sie es mich Ihnen erklären. Meine Familie war schon immer verantwortlich dafür, was in diesem Haus vor sich ging.
Es begann mit meinem Urgroßvater kurz nach der Jahrhundertwende. Mein Großvater wachte in den Dreißigerjahren über das Haus, und mein Vater übernahm die Aufgabe in den frühen Siebzigern. Jetzt also bin ich an der Reihe. Ich bin der Beschützer des Hauses in der vierten Generation.
Und ich erlaube mir, eine Warnung auszusprechen: Zerstören Sie das Haus nicht, lassen Sie alles so, wie es sein sollte. Machen Sie das Haus nicht unglücklich. Sonst wird sich das Haus wehren und Sie unglücklich machen. Noch heißt es Sie ebenso willkommen wie ich.

Willkommen zu Hause, liebe neue Freunde, willkommen im Haus Nummer 13.

Herzlichst
Der Beschützer

April:
Panik

Ich schnappte nach Luft. Was zum Teufel war das denn? Waren mir die Chemiedämpfe ins Hirn gestiegen? Das konnte da doch nicht wirklich stehen!

Ich wollte den Brief noch einmal lesen, als mein Blick auf die Uhr am Armaturenbrett fiel. Verdammt, schon so spät. Schnell startete ich den Wagen und fuhr mit Karacho in die Wasgenstraße, wo Finn gerade aus dem Schulgebäude stürmte. Meine Gedanken waren allerdings weder bei Finn noch bei den Einkäufen, die ich schnell noch am S-Bahnhof Nikolassee tätigte, bevor ich Lina aus dem „Giardino dei Bambini“ in der Normannenstraße abholte.

Zwischendurch hatte ich noch versucht, Andreas anzurufen, der jedoch noch bei Gericht war. Ich hinterließ eine panische Nachricht sowohl auf seiner Mailbox als auch bei seiner Sekretärin.

„Wieso zitterst du, Mami?“, fragte mich Finn bei Netto an der Kasse, als ich kaum in der Lage war, das Kleingeld aus dem Portemonnaie zu nehmen.

„Mir ist kalt“, log ich.

Finn lachte mich aus. „Du hast doch eine Jacke an!“

Ich weiß nicht, wie ich es geschafft habe, meine Kinder heil nach Hause zu bringen und ihnen auch noch ein Omelette zu bereiten, das nicht mal angebrannt war.

Endlich rief Andreas zurück. „Was ist los?“, fragte er, ohne sich wie üblich mit Namen zu melden.

„Wir haben einen völlig durchgeknallten Brief bekommen.“

„Du bist ja vollkommen außer dir“, stellte Andreas fest. „So schlimm kann es ja wohl nicht sein.“

„Noch schlimmer!“, sagte ich. „Bitte komm nach Hause.“

„Ich habe noch einen Mandantentermin.“

Typisch, wenn man Mann mal brauchte, konnte er nicht.

„Komm so schnell du kannst“, sagte ich und legte auf.

Hatte Andreas recht und ich übertrieb mal wieder?

„Fahren wir heute nicht in unser neues Haus?“, fragte Finn.

„Nein, mein Schatz, heute nicht!“

„Och, bitte, Schnuffel ist doch da“, bettelte Lina, die offensichtlich Sehnsucht nach ihrem Stoffhasen hatte.

„Der macht bestimmt gerade sein Mittagsschläfchen“, versuchte ich meine Tochter zu beruhigen.

„Aber dann gehen wir später hin, ja? Sonst fürchtet sich Schnuffel so ganz alleine.“

„Was haltet ihr davon, wenn wir heute Nachmittag auf den Spielplatz gehen?“ Etwas anderes fiel mir auf die Schnelle nicht ein.

„Au ja!“, schallte es aus dem Badezimmer, wo Finn sich auf mein Geheiß hin die Ketchup-verschmierten Hände gewaschen hatte.

Natürlich hatte ich vorgehabt, am Nachmittag wieder in

die Villa zu fahren. Aber jetzt grauste mir davor, dort alleine mit den Kids zu sein. Während ich meine Kinder auf dem Von-Luck-Spielplatz beaufsichtigte, zog ich den Brief erneut aus meiner Handtasche. Ich kannte das Ding inzwischen fast auswendig. Wer war der Schreiber? So eine Unverschämtheit. Der Beschützer! Was manche Menschen sich so einbilden. Der war doch einfach krank.

Ich versuchte, zwischen den Zeilen zu lesen. Wer war das? Ein Nachbar? Auf jeden Fall ein Mann. Na klar, so einen Quatsch würde sich eine Frau nicht einfallen lassen. Oder? Ein älterer Mann. Der Stil war geschraubt, irgendwie altmodisch, wie ich fand. Also ein sehr alter Mann. Was der alles von uns wusste. Wie wir heißen, was wir für Autos fahren, was mein Mann von Beruf ist, dass wir zwei Kinder haben. Der Kerl beobachtete uns. Vor meinem geistigen Auge sah ich im gegenüberliegenden Haus einen glatzköpfigen Mann mit einem Feldstecher im Fenster liegen und uns mit Argusaugen verfolgen.

Der Brief war bereits an den Ecken gewellt, meine Hände waren schweißnass. Was wollte der von uns, was erwartete der Kerl? Antworten konnten wir ja schlecht, der Brief war anonym eingeworfen worden. Den Umschlag hatte ich achtlos aufgerissen und im Auto liegen lassen. Außer unserer Adresse war mir nichts daran aufgefallen. Ich war so erfreut gewesen, den allerersten Brief an unsere neue Adresse in den Händen zu halten. Auch an dem Briefpapier fiel mir nichts auf, es war normales weißes DIN-A4-Kopierpapier, wie es überall im Handel erhältlich ist. Der Brief war mit einem Computer geschrieben worden.

Kaum waren wir wieder in unserer alten Wohnung, kam auch Andreas nach Hause.

„Wo ist das Schreiben?", fragte er ohne weitere Begrüßung. Er liebte es, schnell zur Sache zu kommen. Ich zog den Brief aus meiner Handtasche und reichte ihn meinem Mann. „Wo ist der Umschlag?", fragte er, ohne einen Blick auf das Schreiben geworfen zu haben.

„Im Auto."

„Hol ihn bitte." Andreas setzte sich mit dem Brief auf das Sofa im Wohnzimmer.

Wenn es hoch hergeht, ist Andreas mein Fels in der Brandung. Seine ruhige, beherrschte Art holt mich immer ganz schnell runter, wenn ich kurz vor dem Ausflippen bin. Bis eben hatte ich mich gefühlt wie ein brodelnder Vulkan, der vor dem Ausbruch steht, doch nun wurde auch ich ruhiger.

„Und deshalb machst du so einen Wind?" Andreas ließ den Brief sinken und besah sich den Umschlag, den ich auf den Couchtisch gelegt hatte. Unsere Adresse war in einer krakeligen Kinderschrift geschrieben. Ganz offensichtlich verstellt. Es klebte eine Briefmarke darauf mit einem Berliner Poststempel.

„Wie, du findest das normal?"

„Nee, normal ist der nicht. Aber Gottes Zoo ist groß, ich glaube nicht, dass wir uns darüber aufregen müssen."

„Siehst du denn nicht, dass der unsere Kinder bedroht?"

„Claudi, reg dich ab", sagte mein Göttergatte, stand auf und holte zwei Gläser Eistee aus der Küche.

„Trink was, Prinzessin!" Wenn er mich Prinzessin nannte, war das nicht etwa eine Liebkosung, sondern ein

Zeichen, dass ich für seinen Geschmack mal wieder viel zu empfindlich reagierte, eben wie die Prinzessin auf der Erbse.

Mechanisch griff ich nach dem Glas. „Du meinst nicht, dass wir mit dem Brief zur Polizei gehen sollten?“, fragte ich, schon ein wenig kleinlauter.

Andreas lachte. „Was soll denn die Polizei damit? Wenn wir für alle Spinner dieser Welt die Polizei bemühen würden, kämen die nicht mehr dazu, auch nur einen einzigen Verbrecher dingfest zu machen.“

„Du glaubst also, der Brief ist harmlos?“

„So harmlos wie eine kleine Spinne.“

„Aber was bezweckt der Schreiber denn damit?“, fragte ich.

„Das, was er spielend geschafft hat, dich zu erschrecken.“

„Aber wieso?“

„Neid, Missgunst, Minderwertigkeitsgefühle, Geltungsbedürfnis?“

„Und du glaubst nicht, dass die Kinder in Gefahr sind?“

„Claudi, mach dich nicht lächerlich!“

„Der hat geschrieben, dass er die Genskes gebeten hat, ihm junges Blut zu bringen. Das hört sich an wie aus einem Vampirfilm.“

„Vielleicht war Vater Genske ja selbst der Schreiber, so ganz koscher kam der mir nicht vor“, sagte Andreas.

Ich streckte die Beine aus, die, wie ich jetzt erst merkte, völlig verkrampft waren. „Komisch, das habe ich vorhin als Allererstes gedacht. Wie der beim Notar immer so katatonisch vor sich hingestarrt hat …“

„Außerdem weiß der Genske, dass ich Anwalt bin, welche Autos wir fahren, dass wir wenig Geld haben."

„Aber eigentlich wissen die Genskes auch, wie unsere Kinder heißen", wandte ich ein.

„Das stimmt allerdings."

„Willst du nicht mal die Genskes anrufen und fragen, ob sie jemals so einen Brief bekommen haben oder sich vorstellen können, wer den geschrieben hat?"

„Nein." Andreas klang sehr bestimmt.

„Hast du etwa Angst, dich lächerlich zu machen?"

„Nein, aber so was macht man schriftlich. Für die Akten", sagte mein Mann.

„Du meinst, wir sollten denen einen Brief schreiben?", fragte ich.

„Ja, das lasse ich morgen in der Kanzlei machen, ich schicke denen eine Kopie des Schreibens und frage, ob sie ebenfalls schon mal so einen Brief bekommen haben."

„Meinst du nicht, dass die erschreckt reagieren, wenn sie einen Brief von deiner Kanzlei bekommen?", fragte ich.

„Was gibt es zum Abendbrot?"

„Lenk nicht ab!"

„Ich lenke nicht ab, ich habe Hunger."

„Wie kannst du jetzt nur Hunger haben?" Bis zu diesem Zeitpunkt hatte ich nicht eine Sekunde über das Abendessen nachgedacht.

„Claudi, du bist eine alte Glucke. In dem Brief steht nicht eine einzige versteckte Drohung. Nur wirres Zeug."

„Ich habe Angst vor Verwirrten", gab ich zu. „Wieso reitet der so auf unseren Kindern rum?"

In dem Moment kam ein Hubschrauber im Tiefflug durch die Tür und landete mit den Rotoren voran direkt im Bücherregal.

„Pass doch auf, Finn!", rief ich und nahm meinem Sohn die Fernbedienung weg. „Das sollst du doch nur draußen machen, nicht in der Wohnung, wie oft muss ich dir das noch sagen!"

Finn stapfte mit gesenktem Kopf zum Bücherregal und klaubte seinen geliebten Helikopter vom Boden auf, wohin er mit dem Heck voran gestürzt war.

„Ist doch nichts passiert", sagte er.

„Da hätte aber ganz schnell was passieren können! Was an ‚nicht in der Wohnung' verstehst du eigentlich nicht?"

„Deine Mutter ist aufgebracht, besser, du machst eine Biege in dein Zimmer", sagte Andreas. Musste er sich ständig mit seinem Sohn solidarisieren? Jetzt war ich erst richtig sauer. Und zum Abendessenbereiten hatte ich nun auch überhaupt keine Lust mehr.

„Ich schlage vor: Pizzeria!", sagte ich. „Ansonsten steht Essen im Kochbuch!" Abrupt stand ich auf und verschwand Richtung Bad. Die Blicke, die Vater und Sohn einander hinter meinem Rücken zuwarfen, spürte ich körperlich. Als ich die Badezimmertür hinter mir geschlossen hatte, war ich den Tränen nahe. Ich fühlte mich nicht ernst genommen und mit meiner Angst allein gelassen.

April:
Konzessionen

Später am Abend, als Andreas und ich im Bett lagen, sagte ich: „Ich habe Angst, morgen in die Villa zu gehen."

Mein Mann nahm mich in den Arm und küsste mich auf die Stirn. „Du brauchst keine Angst zu haben, mein Schatz, niemand wird dir etwas tun. Das lasse ich nicht zu."

Worte, dachte ich, nichts als schöne Worte. Trotzdem schlief ich in seinem Arm ein. Ich träumte von einer Hand, die sich hinter der Tapete versteckt hatte und nach Lina griff. Schweißgebadet wachte ich auf. Es war vier Uhr morgens.

Den Rest der Nacht konnte ich nicht schlafen. Ich überlegte krampfhaft, was ich tun könnte. Am Morgen stand mein Entschluss fest: Ich würde nicht allein mit meinen Kindern in dem Haus sein. Zumindest so lange, bis ich das Gefühl hätte, dass sie dort sicher sind. Was übersetzt wohl hieß, bis sich der Schreiber dieses idiotischen Briefes lange genug nicht mehr gemeldet hat. Gras über die Sache gewachsen war.

Beim Frühstück sagte Andreas: „Ich werde heute noch den Einbau einer Alarmanlage veranlassen." Da die Kids mit am Tisch saßen, sagte er nicht mehr. Ich nickte.

„Ich werde heute früh zu meinen Eltern fahren", sagte ich.

„Mach das, ich gebe dir Bescheid, wann so eine Firma kommt."

Er hatte sich also auch seine Gedanken gemacht. Warum müssen Männer immer so tun, als ob nichts wäre. Unerschrocken und ohne Angst. Wahrscheinlich hat man ihnen das bereits als Kleinkindern eingeredet. Indianer kennen keinen Schmerz und so. Ich fragte mich, ob ich meinen Sohn ebenfalls zu so einem vorgeblich unerschrockenen Menschen heranzog. Oder war es Andreas, der das an sein Kind weitergab? Auf jeden Fall fühlte ich mich nach dieser Ankündigung und nach meinem Entschluss sehr viel besser.

Nachdem ich die Kinder in der Schule beziehungsweise im Kindergarten abgeliefert hatte, fuhr ich zu meinen Eltern, die in der Matterhornstraße wohnten und als Freiberufler um diese frühe Uhrzeit mit ziemlicher Sicherheit zu Hause waren. Ich hatte den Brief eingesteckt, damit die beiden nicht glaubten, dass ich nunmehr vollends durchgeknallt sei.

Meine Mutter sah das Problem sofort. „Klar können die Kids bei uns bleiben, das kriegen wir irgendwie gebacken."

Mein Vater nahm den Brief genauer unter die Lupe. „Der Brief ist auf einem älteren PC geschrieben worden, die Schrift ist Arial zwölf Punkt, die war in den alten Windows-Rechnern im Word-Programm die Standardschrift."

„Ich fand auch, dass der Stil des Briefes sehr altmodisch ist", sagte ich.

„Ja, schau mal, hinter der Anrede steht ein Ausrufezeichen. So schrieb man früher die Anrede, bis in die Siebziger. Und dann begann man den Brief mit einem Großbuchstaben", sagte mein Vater.

„Das darf man heute noch so machen", ergänzte meine Mutter. Sie war mal Deutschlehrerin. „Früher war das Komma eine Kann-Lösung, heute ist das Ausrufezeichen optional. Und außerdem fällt mir auf, dass der Brief noch in der alten Rechtschreibung geschrieben ist, sieh mal hier, dass mit ß."

Meine Mutter versprach, die Kinder abzuholen, zu beköstigen und so lange zu bespaßen, bis ich sie wieder in Empfang nahm.

Dann fuhr ich allein in die Villa, aber das mulmige Gefühl im Magen wollte mich nicht verlassen. War da nicht ein komisches Geräusch?, fragte ich mich, als ich das Haus betrat. Natürlich gab es Geräusche, wenn man die Fenster offen stehen lässt, sagte ich mir. Ich musste mich entscheiden, entweder mich hermetisch einigeln und ersticken oder ständig das Gefühl haben, dass jemand mich beobachtet. Allerdings war ich mir nicht sicher, ob ich, sollte ich die Fenster im Obergeschoss schließen, wirklich allein war im Haus.

„Genau das bezweckt der Briefschreiber", hatte Andreas gesagt. Ja, der Kerl hatte mich total verunsichert. Wie wenig es brauchte, um mir die Freude an einem Haus, von dem ich mein ganzes Leben lang geträumt hatte, zu verderben.

Ich stieg ins Obergeschoss und zog mir mein Malerdress über. Kritisch beäugte ich mein Werk vom Vortag.

Die Schlafzimmertür war halb freigelegt, unter den abgezogenen Farbschichten kam das helle Holz zum Vorschein. Die Methode Föhn und Spachtel hatte zumindest an der Tür wunderbar funktioniert. Ich sah mich um. Wo zum Teufel hatte ich mein Werkzeug gestern hingelegt, als ich so überstürzt das Haus verlassen habe?

Im Schlafzimmer waren weder Föhn noch Spachtel zu sehen, und so ein leeres Zimmer ist ziemlich übersichtlich. Vielleicht hatte ich sie im Flur liegen lassen, auf der anderen Seite der Tür? Auch nicht.

Plötzlich übermannte mich die Angst. Ich schluckte. Was, wenn? Angestrengt lauschte ich in die Stille des Hauses. Durch die geöffneten Fenster hörte ich den leisen Frühlingswind, der mit den Zweigen der Kiefer spielte. Es waren keine Geräusche von der Straße her zu vernehmen, irgendwo in der weiteren Nachbarschaft bellte ein Hund. Wenn man sich anstrengte, hörte man die AVUS wie weit entferntes Meeresrauschen.

Ein scharrendes Geräusch ließ mich herumfahren. Was war das? Mein Herz klopfte bis zum Hals. Da, wieder. Es kam aus dem Flur. Schlich da jemand die Treppe hoch?

„Hallo, ist da jemand?“, rief ich in die Dunkelheit des Flurs, der nur durch ein rundes, vermoostes Fenster ein wenig Licht bekam. Natürlich bekam ich keine Antwort, ich wusste selbst, dass meine Frage dumm war, aber es beruhigte mich ein wenig, meine eigene laute Stimme zu hören. Wieder hörte ich ein schabendes Geräusch. Nein, auf der Treppe war niemand. Aber das Geräusch kam eindeutig aus dem Flur. Am liebsten wäre ich unter eine der losen Bodendielen geschlüpft. Das Blut pulsierte in meinen Ohren. Todesmutig ging ich an die Brüstung und schaute hinunter.

Die Treppe lag nackt und unschuldig vor mir. Ich schreckte herum, das Geräusch war direkt hinter mir. Das Fenster! Das Geräusch kam von dem bemoosten Fenster. Ich ging in das erste Zimmer an der Außenwand, öffnete das dortige Fenster und schaute hinaus. Fast hätte ich laut gelacht. Der Übeltäter war eine uralte Kastanie. Ein Zweig der Kastanie, die gerade hellgrün austrieb, schrammte in dem sanften Frühlingswind direkt über das runde Fenster, das so viel Moos angesetzt hatte, dass man nicht mehr durchgucken konnte. Die Genskes hatten uns darüber informiert, dass das Fenster leider nicht zu öffnen war. Ob es überhaupt jemals zu öffnen gewesen war, entzog sich unserer Kenntnis, es gab jedenfalls keinen Griff, an dem man hätte ziehen können. Ich beschloss, dass wir dringend einen Glaser brauchten, der uns ein neues Fenster dort einsetzte, damit der Flur endlich Tageslicht bekam. Ein wenig entspannter ging ich zurück ins Schlafzimmer.

Aber wo waren Föhn und Spachtel geblieben? Hatte ich die etwa mit ins Bad genommen? Natürlich. Der Föhn hing noch in der Steckdose, weil ich mir damit die Nackenhaare getrocknet hatte, nachdem ich mich ein wenig von den Renovierungsarbeiten gereinigt hatte, und der Spachtel lag auf der Ablage direkt neben meiner Bürste. Claudi, du bist eine dumme Kuh, sagte ich mir und griff mein Handwerkszeug mit dem festen Entschluss, mich nicht wieder von jedem Geräusch in Angst und Schrecken versetzen zu lassen.

Und so ging ich wieder ans Werk. Ich bearbeitete die Tür mit solch einer Inbrunst, als ginge es um mein Meisterstück. Bald tropfte mir der Schweiß von der Stirn, leise feuerte ich mich an: „Komm schon, du blödes Stück, geh endlich ab, ich krieg dich, du dämliche Farbe, du!“

Dermaßen motiviert merkte ich kaum, wie die Zeit verstrich. Immer wieder musste ich den Föhn ausschalten, wenn ein brenzliger Geruch mir sagte, dass er kurz davor war, durchzuschmurgeln. Dann musste ich warten, bis das Teil sich ein wenig abgekühlt hatte. Währenddessen kratzte ich mit dem Spachtel die Farbe in Streifen herunter.

Plötzlich tippte mir jemand auf die Schulter und rief: „Claudia!“ Mein Herzschlag setzte aus. Vor Schreck ließ ich Föhn und Spachtel fallen und schrie auf. Instinktiv kreuzte ich die Arme vor dem Oberkörper. Ich fuhr herum.

„Andreas! Puh, du hast mich vielleicht erschreckt“, presste ich hervor.

„Ich habe schon mehrmals angerufen, warum gehst du denn nicht ans Handy?“ Seine Stimme klang ärgerlich.

„Du, sorry, ich habe nichts gehört“, sagte ich, während ich versuchte, meinen Herzschlag wieder auf Normalniveau einzupegeln.

„Ich habe doch gesagt, ich rufe an, wegen der Alarmanlage. Der Mann von der Firma wartet unten, wir sollten mit ihm besprechen, was wir wo und wie brauchen.“

„Tut mir leid.“ Ich wischte mir den Schweiß von der Stirn.

„Was machst du da überhaupt?“, fragte Andreas.

„Ich föhne die Tür, siehste doch."

„Aha." War das seine ganze Reaktion auf eine fast völlig freigelegte Tür? Ich betrachtete voller Stolz mein eigenes Werk. „Du, das funzt total gut", sagte ich. Wäre ja vielleicht mal an der Zeit, dass er meine Arbeit mit ein paar lobenden Worten bewunderte.

„Kommst du?" Er stapfte voran zur Treppe. Ich wischte mir die nassen Hände am Maleranzug ab und folgte ihm.

„Wie lange wird es dauern, bis Sie die Alarmanlage installiert haben?", fragte ich den Mann, der mit einer Klemmmappe im Erdgeschoss stand.

„Kommt drauf an, was Sie haben wollen."

Diese Auskunft hätte ich mir auch selbst geben können.

Mai:
Informationen

Mein Sicherheitsbedürfnis schien grenzenlos zu sein, denn bei dem Kostenvoranschlag, den wir einige Tage später bekamen, konnte es sich nur um eine Maximalvariante handeln. So jedenfalls formulierte es mein Göttergatte.

„Kommt uns teuer zu stehen, deine Paranoia“, sagte er.

Gemeinsam verabschiedeten wir uns von der „Maximalvariante“ und strichen das Angebot so zusammen, dass die Alarmanlage zumindest die Eingangstür und die Erdgeschossfenster absicherte. Die Fenster im Obergeschoss erhielten eine Riegelsicherung. Für die winzigen Oberlichter im Keller würde es unserer Meinung nach reichen, sie von außen vergittern zu lassen. Trotzdem riss „meine Paranoia“ ein großes Loch in unser ohnehin schon knappes Budget.

Andreas hatte Wort gehalten und den Genskes eine Kopie des Briefes mit der Frage geschickt, ob sie sich vorstellen könnten, wer aus der Nachbarschaft zu so einem Unsinn fähig wäre. Es dauerte ein paar Tage, bis wir von der Familie Genske hörten. Sie schrieben nicht etwa zurück, sondern Frau Genske rief zu einer Zeit an, als Andreas nicht zu Hause war.

„Wegen dem Brief", sagte Frau Genske nach den üblichen Höflichkeitsfloskeln und schluckte.

„Haben Sie auch mal so einen bekommen?", fragte ich direkt.

„Äh, ja, Sie wissen ja, dass wir dort über zwanzig Jahre ruhig und gemütlich gelebt haben. Wir bedauern wirklich sehr, dass wir das Haus aufgeben mussten."

„Das haben wir verstanden", sagte ich. „Also haben Sie nie so einen Brief bekommen?"

„Also ja, doch. Aber ganz zum Schluss erst. Da kam so ein Brief, kurz bevor wir ausgezogen sind", sagte sie und beeilte sich hinzuzufügen: „Nach dem Verkauf. Also nachdem wir beim Notar waren."

„Was hat denn da drin gestanden?", fragte ich und hielt den Atem an.

„Dass es gut ist, dass wir ausziehen. Dass die Familie des Beschützers seit langem über das Haus wacht. Wirres Zeug. Wir haben den Brief sofort in den Müll geschmissen."

„Warum haben Sie uns nicht Bescheid gesagt?" Ich war ehrlich empört.

„Wir haben das nicht ernst genommen. Wir haben uns gefragt, wen wir in den zwanzig Jahren so geärgert haben, dass man uns jetzt damit vergraulen will."

Aha, dachte ich, also doch vor dem Verkauf. Aber ich behielt diesen Gedanken für mich. „Können Sie sich denn vorstellen, wer von Ihren ehemaligen Nachbarn zu so einem Schwachsinn fähig wäre?", fragte ich sie.

„Nein, nein, wirklich nicht. Wir hatten wenig Kontakt zu den Nachbarn, das Grundstück ist so groß."

„Und die sind alle ganz normal?", fragte ich, einer Eingebung folgend.

„Was meinen Sie mit normal? Ach, Sie meinen die alte Frau Siebenschuh? Die ist ein bisschen dement, aber sie ist weit über neunzig, die würde so etwas nicht schreiben."

„Wo wohnt sie?"

„In der Straße An der Rehwiese. Ein wenig schräg an unser Grundstück angrenzend, da lebt die alte Dame mit zwei ihrer drei Kinder. Die sind alle ebenfalls weit über sechzig. Ihr Sohn Michael ist ein bisschen merkwürdig. Er hat nie gearbeitet, früher hat er immer mit einer Aktentasche das Haus verlassen. Aber man hat ihn tagsüber dann am Bahnhof Nikolassee rumhängen gesehen. Doch jetzt hat er unseres Wissens seit vielen Jahren nicht mehr das Grundstück verlassen. Er trägt einen langen Rauschebart und brabbelt ständig Obszönitäten vor sich hin, wobei er immer so komisch das Gesicht verzieht. Aber der ist harmlos, heißt es. Irgendjemand hat mir mal gesagt, der hätte ein, wie hieß das doch gleich, Toupet-Syndrom oder so ähnlich."

„Sie meinen ein Tourette-Syndrom?"

„Ja, genau. Ich weiß, dass die Nachbarskinder sich vor ihm gefürchtet haben, was sie natürlich nicht davon abgehalten hat, regelmäßig als Mutprobe bei den Siebenschuhs zu klingeln."

Ich bedankte mich bei Frau Genske für ihre Auskunft. Als ich Andreas von ihrem Anruf erzählte, wurde er ein bisschen sauer. „Warum hast du nicht darauf bestanden, dass sie schriftlich antwortet? Wegen der Aktenlage."

„Wozu brauchst du eine Aktenlage?"

„Um die im Zweifelsfall auf Rückzahlung des Kaufpreises zu verklagen."

„Bist du verrückt?" Obwohl ich Angst bekommen hatte, wäre es mir nicht im Traum eingefallen, den Hauskauf rückabzuwickeln.

Es dauerte fast drei Wochen, bis die Alarmanlage komplett installiert war. Die Gitter am Keller und die Riegel kamen in der darauffolgenden Woche. Danach fühlte ich mich sehr viel sicherer.

In der Zwischenzeit arbeitete ich nur im Haus, wenn die Kinder in der Schule beziehungsweise im Kindergarten waren, wenn meine Mutter sich meiner erbarmte oder wenn wir alle gemeinsam am Wochenende dort waren. Allerdings wurde ich die Angst nicht los, wenn ich allein im Haus war. Ich schrie die Wände an: „Komm raus, du feiges Stück!", froh meine eigene Stimme zu hören. Aber es passierte nichts, alles blieb still.

„Siehste", sagte mein Mann, „ich habe dir doch gesagt, der Briefschreiber wollte nur ‚Buh' machen."

Langsam glaubte ich, dass Andreas recht und ich überreagiert hatte.

Ende Mai kamen endlich auch die ersten Handwerker. Draußen auf der Straße wurde ein Müllcontainer aufgestellt, über dem Eingang leuchteten die blauen Dolden der Glyzinien, die ich schon als Kind bewundert hatte. Obwohl wir eine Alarmanlage hatten, wagte ich es immer noch nicht, die Kinder unter der Woche mitzunehmen. Das Haus stand immer offen, weil die Handwerker den

Bauschutt regelmäßig in den Container auf der Straße befördern mussten.

Und dann kam der zweite Brief. Ich erkannte den Umschlag mit der krakeligen Kinderschrift bereits beim Herausziehen aus dem Briefkasten. Mit zitternden Händen öffnete ich den selbstklebenden Briefumschlag.

Mai:
Post

Liebe Familie Wöhrmann!

Sie fragen sich, wer ist der Schreiber dieser merkwürdigen Zeilen. Wie ich Ihnen bereits im letzten Brief mitteilte, hat meine Familie seit vier Generationen die Kontrolle über das Haus Nummer 13. Als Kind habe ich in all diesen schönen Zimmern gespielt und die Bewohner beobachtet. Was für eine schöne Zeit, das Haus war voller Leben und junger Menschen. Dann allerdings wurde es so alt wie mein Vater, der es bis zu seinem Tod unter Kontrolle hatte. Jetzt ist es an mir, das Haus zu beschützen. Nummer 13 ist mein Leben, meine Bestimmung. Und jetzt sind Sie, die Familie Wöhrmann, ein Teil meines Lebens, ob Sie das wollen oder nicht.
Übrigens: Ich könnte jeder sein. Der Nachbar, der den Rasen mäht, ein eiliger Passant oder ein gemütlicher Spaziergänger. Einer, der seinen Hund ausführt, oder der DHL-Bote, der gerade sein Pausenbrot verzehrt.
Wie Sie unschwer bemerkt haben sollten, hat das Haus

viele Türen, Fenster und Balkone. Das ermöglicht es mir, Sie rund um die Uhr zu beobachten. Daran wird auch Ihre neue, sicherlich sehr teure Alarmanlage nichts ändern. Oder die Gitter vor den Kellerfenstern. Nicht zu vergessen die Riegel an den Fenstern im Obergeschoss. Habe ich Sie etwa erschreckt?
Bitte haben Sie Verständnis dafür, daß ich schon zu lange auf den Tag gewartet habe, an dem wieder Kinderlachen durch die Räume schallt. Bitte, lassen Sie die Kinder wieder dort spielen, so wie ich früher dort gespielt habe. Ich vermisse sie so sehr.
Endlich sind jetzt auch Handwerker eingetroffen, das Selbermachen scheint Ihnen, wie ich bereits vermutet hatte, doch nicht zu liegen. Wann ziehen Sie endlich ein, ich werde langsam ungeduldig. Oder ist Ihnen das Geld ausgegangen?
Beeilen Sie sich, ich warte mit Sehnsucht auf Sie.

Es grüßt Sie herzlich
Der Beschützer

August:
JVA Lichtenberg

Und wieder klopft mein Herz bei dem Gedanken an den Brief bis zum Hals. Ich kenne den Text auswendig, hundertmal habe ich ihn gelesen, habe versucht, ihn zu analysieren. Inzwischen bin ich mir sicher, dass alles mit dem ersten Brief begonnen hat. Der Beschützer hat sich mit den Briefen ganz langsam zwischen Andreas und mich geschoben wie eine undurchsichtige Wand. Ich konnte nicht mehr klar sehen.

Ich höre, wie meine Zelle zugeschlossen wird. Nachtverschluss. Tagsüber können wir uns in der Wohngruppe frei bewegen. Es gibt einen Gruppenaufenthaltsraum mit einem Fernseher und einem Bücherschrank in der Ecke und eine gemeinsame kleine Küche. Aber ich ziehe es vor, hier in meiner Zelle zu bleiben und nachzudenken. Ich bin mir sicher, dass ich, wenn ich nur lange genug nachdenke, verstehen werde, was passiert ist. Denn das ist mein Problem: Ich weiß nicht, wer mich ins Gefängnis gebracht hat.

Im Moment ist mein einziger Kontakt nach draußen meine Rechtsanwältin Anne Gehlhaar. Sie hat mir erklärt, warum ich so schnell keinen Besuch zu erwarten habe:

Es muss überhaupt erst einmal ein Aktenzeichen angelegt werden, unter dem dann meine Familienangehörigen eine Besuchserlaubnis beantragen können. Allein das mit dem Aktenzeichen wird einige Tage dauern, und auch das mit der Besuchserlaubnis geht nicht über Nacht.

Bis dahin bin ich hier wie abgeschnitten von der Welt. Ich brauche dringend etwas zum Anziehen, man hat mir Anstaltskleidung gegeben, ich kann es kaum erwarten, bis ich wieder in meine eigenen Kleider schlüpfen kann. Jeden Abend wasche ich im Handwaschbecken meine Unterwäsche aus, ich fürchte mich vor der intimen Berührung mit der Anstaltskleidung.

Sie haben mir ausführlich erklärt, welche Regeln hier gelten. Jeden Mittwoch gibt es Einkauf von außerhalb. Die Einkaufsscheine müssen von jeder Inhaftierten selbst ausgefüllt und bis zum Freitag beim Aufschluss abgegeben werden.

Das Zauberwort hier heißt Antrag. Ohne Antrag läuft nichts, nicht mal der Besuch des zweiwöchentlich stattfindenden Gottesdienstes. Dabei habe ich in den letzten drei Tagen mehr gebetet als in den fünfunddreißig Jahren meines Lebens zuvor. Auf Antrag kann man hier als sogenannte Hausarbeiterin arbeiten, das heißt, Essen austeilen, in der Küche aushelfen oder den Boden reinigen. In der JVA-eigenen Werkstatt kann man Parfum-Proben in Zeitschriften kleben oder Briefe eintüten, je nachdem, was für Aufträge vorliegen. Es gibt Freizeitangebote wie Klavierunterricht oder Malen, auch die müssen beantragt werden. Aber ich hoffe, dass ich nicht so lange hierbleiben muss, um daran teilnehmen zu müssen, anstatt verrückt zu werden. Denn man wird durch die Isolation zwangsläufig irgendwann verrückt, auch wenn es hier komfortabler ist, als ich mir einen Knast vorgestellt habe. Das Gefühl, nicht mehr über sich, seine Zeit und seine Bedürfnisse bestimmen zu können, wird mich auf Dauer um den Verstand bringen. Im Moment bin ich allerdings noch viel zu beschäftigt mit Nachdenken.

Auf Antrag kann man deshalb auch mit einem Psychologen sprechen oder an einer Gesprächsgruppe teilhaben.

Ich habe einen Antrag auf ein Telefonat gestellt. Meine Eltern liegen mir auf der Seele, ich möchte ihnen meine Version der Geschichte erzählen. Ich weiß nicht, um wen ich mir mehr Sorgen mache, um meine Kinder oder um meine Eltern. Ich hoffe, dass meine Kinder inzwischen bei Omi und Opi sind, die sie von Herzen lieben und mit Sicherheit nach Strich und Faden verwöhnen.

Juni:
Balu

Das Blut rauschte in meinen Ohren. Ich stand mit dem Brief in der Hand auf dem Bürgersteig und fühlte mich einer Ohnmacht nahe. Ich wollte schon mein Handy aus der Tasche ziehen, um sofort Andreas anzurufen, dann fiel mir ein, dass mich der Kerl höchstwahrscheinlich beobachtete und sich an meiner panischen Reaktion weidete. Andreas hatte mir klar gemacht, dass solche Typen sich an der Angst ihrer Opfer erfreuten. Deshalb ließ ich den Brief betont lässig in die Tasche fallen und nahm zitternd mein Smartphone heraus. Wenn dieser Kerl hier irgendwo versteckt darauf wartete, dass ich den Brief fand, dann würde ich jetzt ein bildschönes Foto von ihm machen, sagte ich mir. Ich knipste im Panoramaformat die gesamte Straße, die Autos, die gegenüberliegenden Häuser. Aber nirgends konnte ich einen Mann entdecken, der mich beobachtete.

Eine Frau mit einem Mops ging vorbei und grüßte freundlich. Wer sagte uns eigentlich, dass dieser Verrückte wirklich ein Mann war? Vielleicht war diese vorgeblich männliche Identität ja auch eine Maske, hinter der sich eine Durchgeknallte versteckte.

Mit zitternden Knien ging ich zum Auto, startete den Wagen und fuhr um die Ecke zu meinen Eltern, wo ich mal wieder meine Kinder geparkt hatte.

Bevor ich meine Kinder wieder ins Auto packte, hockte ich mich erst mal bei meiner Mutter in die Küche und heulte eine Runde. Ich war mit den Nerven am Ende.

Meine Mutter kochte mir einen Kaffee und setzte sich neben mich. „Was können wir tun, um zu helfen?“

Verzweifelt schüttelte ich den Kopf. „Ich weiß es nicht. Ich muss in den nächsten Wochen von morgens um sieben an im Haus sein. Was mache ich bloß mit den Kindern, ich kann sie doch nicht diesem Verrückten preisgeben!“

In zwei Wochen begannen die großen Ferien, und in dieser Zeit sollten die Handwerker meine Küche umbauen. Vergeblich hatte ich noch auf die Schnelle versucht, ein Ferienlager für Finn und Lina aufzutun. Finn hätte ich noch unterbringen können, aber kein Camp nahm Mädchen unter sechs Jahren auf. Bei meinen Eltern würde ich sie auch nicht lassen können, die beiden hatten schon im vergangenen Jahr einen vierwöchigen Yoga-Urlaub in Italien gebucht, auf den sie sich sehr freuten. Dahin konnten sie ihre Enkel schlecht mitnehmen.

Bereits in den ersten Tagen mit Handwerkern hatte ich gelernt, dass man diese nie allein im Haus lassen sollte, wollte man nicht böse Überraschungen erleben. Als ich mich einmal nur für knapp zwei Stunden entfernt hatte, fand ich nach meiner Rückkehr ein Loch in der Decke vor, wo es einfach nicht hingehörte.

Mein Vater kam mit Finn auf den Schultern und Lina an der Hand in die Küche. „Solange die Handwerker da sind, kannst du die Kids doch ruhig mitnehmen. Ich sehe da keine Probleme, da sind viel zu viele Menschen im Haus. Aber was willst du machen, wenn die Handwerker fertig sind und ihr endlich einziehen könnt?“, fragte er. Sein Blick über die goldene Lesebrille hinweg ging mir durch Mark und Bein. Er hatte einen wunden Punkt erwischt.

Finn und Lina waren ohnehin schon ziemlich irritiert. Jeden Tag quengelten sie, dass sie im neuen Haus spielen wollten. Vor allem der im Moment noch verwilderte Garten hatte es ihnen angetan.

Ich nickte betreten. Ja, was wollte ich eigentlich machen? Diese Frage hatte ich weitestgehend verdrängt. Wir hatten einige Wochen nichts von diesem merkwürdigen Schreiber gehört und gehofft, dass sich das Problem mit der Alarmanlage gelöst hatte. Aber jetzt?

„Sag nicht, dass ihr nicht einziehen wollt. Ihr werdet doch wohl vor diesem Verrückten nicht kneifen!“, sagte mein Vater.

Was sollte ich darauf antworten? Meine Eltern hatten mir mein gesamtes Erbe vorab ausgezahlt, damit wir dieses Haus überhaupt kaufen konnten. Kneifen war also keine Option.

Wenn nicht diese Briefe gewesen wären … Wir gruselten uns in dem Haus, dort zu leben, war für uns im Moment noch undenkbar. Das sagten wir natürlich nicht laut, weder Andreas noch ich hätten das freiwillig zugegeben. Unter dem Vorwand, dass wir länger als geplant umbauen mussten, hatten wir die Kündigung unserer Wohnung immer weiter hinausgeschoben.

„Warum legt ihr euch keinen Hund zu? Weißt du noch, wie glücklich du warst, als wir dir Purzel unter den Weihnachtsbaum gesetzt haben?“ Meine Mutter sah mich fragend an.

„Au ja, Mama, einen Hund, ja, bitte, bitte“, stieg Finn sogleich darauf ein.

„Au ja, Mama, ein Hundi“, rief Lina.

„Purzel war der liebste aller Dackel, aber als Wachhund wahrlich ungeeignet“, sagte ich.

„Ich meine ja auch nicht wieder einen Rauhaardackel, sondern einen großen Hund. So ein richtiger Wachhund, der auf die Kids aufpassen kann.“

Manchmal haut mich das praktische Problemlösungsvermögen meiner Mutter richtiggehend um. Das war die Lösung. Ein Hund für Lina und Finn.

Als ich die Idee am Abend Andreas servierte, dämpfte er meine Euphorie: „Einen Wachhund musst du abrichten, den kannst du nicht einfach kaufen und darauf hoffen, dass er auf Lina und Finn aufpasst. Damit so ein Hund wirklich nützlich ist, braucht man viel Geduld und Zeit, um ihn abzurichten. Und genau das ist es, was du im Moment absolut nicht hast.“

Aber Mutters Idee hatte Lina und Finn einen Floh ins Ohr gesetzt. Sie wollten einen Hund. Jetzt. Einen gaaaaanz großen. Andreas konnte mir zwar Argumente aufzählen, aber gegen den Augenaufschlag von Lina war er machtlos. Ich klemmte mich also hinter den Computer und recherchierte. Welcher Hund kam als Wachhund für unsere Kinder in Frage? Das war alles andere als einfach. Denn die Bedenken von Andreas waren – wie nicht anders zu erwarten – absolut gerechtfertigt. Kein Wachhund ohne eine vernünftige Erziehung. Hatte ich wirklich Zeit, mich auch noch um einen Hund zu kümmern? Wenn ich ehrlich mit mir selbst war, dann war ich bereits jetzt überfordert. Aber die Vorstellung, dass ein großer, kräftiger Hund über meine Kinder wachen würde, beruhigte mich.

„Lass uns doch mal zu einem Züchter fahren", schlug ich also am Wochenende darauf vor. Meine Recherchen hatten ergeben, dass ein Rottweiler der richtige Familienhund für die Wöhrmanns wäre. Kinderlieb und treu. Ich hatte mit einem Züchter in Falkensee telefoniert, der gerade einen drei Monate alten Welpen zu verkaufen hatte. Er hatte mir die Vorteile dieser Rasse in den leuchtendsten Farben geschildert. Ich hatte kaum zugehört, ich wollte einen Hund, jetzt, gleich und sofort, mehr hatte mich nicht interessiert.

Natürlich wusste ich, dass wir nicht ohne Hund nach Hause kommen würden. Welpen sind einfach unwiderstehlich. Tatsächlich hatten sich die Kinder sofort in das Energiebündel mit der lustigen Schnauze verliebt. Lina hatte sich beim Züchter auf die Erde geworfen, geschrien und getrampelt, als ich sagte, wir würden uns das mit dem Kauf des Welpen noch überlegen.

„Du bist für die Erziehung zuständig, damit das klar ist", sagte Andreas zu mir, bevor er seine Brieftasche zückte.

„Wer sonst“, antwortete ich spitz.

Noch am selben Tag enterten wir ein Zoofachgeschäft und machten einen Großeinkauf mit allem, was man für ein Hundeleben brauchte. Von Leinen, Decken, Kissen, Näpfen, Schmackos bis hin zu säckeweise Futter.

Die Kinder wollten das gar nicht mal so kleine Tier nicht mehr loslassen. Am Abend spielten wir das Spiel: Wer findet den besten Namen für Hundi. Rex von Falkensee war jedenfalls nicht das, was wir uns vorgestellt hatten. Der Züchter hatte uns versprochen, dass der Rottweiler ein sehr guter Wachhund sei, auch wenn er wenig belle. „Der Hund sieht lieb aus. Aber Achtung, wenn man ihn ärgert, ändert er von einer Sekunde zur anderen den Gesichtsausdruck. Dann sieht er aus wie der Leibhaftige persönlich.“

„Also, Kinder, ärgert ihn nicht. Nicht am Schwanz oder an den Ohren ziehen, nicht kneifen, nicht hauen“, ermahnte ich Lina und Finn. Der Züchter hatte versprochen, dass der Hund bereits auf Kinder eingestellt war, er hatte selbst zwei kleine Kinder.

Ich erinnerte mich, wie ich mich als Kind mit Purzel über den Rasen gewälzt hatte, der kleine Hund hatte alles mit sich machen lassen, nur Radfahrer, die nah am Zaun vorbeifuhren, konnte Purzel nicht leiden. Dann bellte er wie ein Wahnsinniger und war kaum zu beruhigen. Ich hatte diesen Rauhaardackel so geliebt, er war der beste Freund meiner Kindheit.

Wir einigten uns auf den Namen Balu, nach dem Bären aus dem Dschungelbuch. Der Kleine sah wirklich ein bisschen aus wie ein Bär mit der hellbraunen Schnauze und den dunklen Knopfaugen.

Für den Anfang musste ich allein das Gassigehen übernehmen, denn Balu brauchte eine Person, die er als Autorität anerkannte. Das hatte uns der Züchter so erklärt. Da Andreas meist nicht zu Hause war, fiel diese Aufgabe wohl oder übel mir zu. „Dieser Hund verzeiht viel, nur keine Inkonsequenz, die versteht er nicht, er braucht eine Autorität, die er anerkennt", hatte der Mann gesagt. Nun denn, ich konnte auch Feldwebel.

Als die Ferien begannen, nahm ich mangels Alternative nicht nur Balu, sondern auch die Kinder jeden Tag mit ins neue Haus. Wir hatten Balu im Garten an einer sehr langen Leine angebunden, damit er nicht wegrannte, aber trotzdem mit den Kindern spielen konnte.

Die Umbauarbeiten für meine neue Küche waren in vollem Gang. Ich hatte die Handwerker angewiesen, sowohl die Haus- als auch die Gartentür immer geschlossen zu halten. Andreas war auf den glorreichen Gedanken gekommen, den hinteren Garten durch zwei extra Tore vom Vorgarten abzuschließen, so dass weder die Handwerker oder ungebetene Gäste in unseren Garten kamen noch Balu oder die Kinder unbeaufsichtigt hinauslaufen konnten. Seitdem wir den Hund hatten, fühlte ich mich schon viel sicherer. Wir hatten inzwischen unsere Schlafzimmer oben komplett renoviert, so dass wir eigentlich wie geplant hätten einziehen können.

Es fehlte noch die Renovierung des Erdgeschosses, die erst nach der Verlegung der Küche und dem Rückbau der alten Küche begonnen werden konnte. Außerdem wollten wir im Obergeschoss Bad und Kammer zu einem großen Familienbadezimmer zusammenlegen und in einem der Zimmer ein weiteres Bad für die Kinder einrichten. Das würden wir allerdings erst nach der Dachsanierung im September in Angriff nehmen können, da es dort ein wenig durchregnete. Das Turmzimmer, das ich für unsere kleine Prinzessin einrichten wollte, hatten wir als Letztes auf der Liste.

Balu war zwar ein lustiger, aber keineswegs ganz einfacher Hund. Bereits nach einigen Tagen merkte ich, dass das Tier noch sozialisiert werden musste. Am liebsten wäre ich in eine Hundeschule gegangen, aber durch die Handwerker war ich an das neue Haus gekettet. Meine Nachbarin in der alten Wohnung kam auf die bahnbrechende Idee, dass es vielleicht auch so etwas wie ein mobiles Einsatzkommando für Hundetrainer gab. Und siehe da, sie hatte recht.

Ich fand im Netz eine Hundetrainerin, die flexibel zu den Zeiten zu uns kommen konnte, die uns passten. Das waren vor allem die Stunden, in denen keine Handwerker im Haus waren. So lernten wir Rebekka kennen. Sie war eine kleine, drahtige Person und unglaublich patent. Ich hatte darauf bestanden, dass die Kinder in die Hundeerziehung einbezogen wurden. Vor allem bezog Rebekka mich mit ein, sie machte mir klar, dass nicht der Hund ein Training brauchte, sondern ich. Natürlich hatte sie das nicht ganz genauso ausgedrückt, aber auf jeden Fall so gemeint. Das Stichwort dazu hieß konsequentes Verhalten.

Rebekka machte uns klar, dass Hunde genau wie Kinder eindeutige Signale brauchten. Das war bei einem süßen Welpen aber genauso schwer umzusetzen wie bei den eigenen Kindern.

Langsam verging meine Angst. Ich konnte endlich wieder durchschlafen. Das Problem schien gelöst, und der Einzug rückte näher. Doch dann kam der dritte Brief.

Juni:
Post

Liebe Familie Wöhrmann!

Haben Sie wirklich gedacht, daß mich ein Hund abschrecken könnte? Im Gegenteil, im Haus Nummer 13 hat es fast immer Hunde gegeben, sie wurden meine besten Freunde und Gehilfen.
Es tut so gut, den Kindern im Garten beim Spielen zuzuschauen. Herzerfrischend, wie sie mit dem Welpen herumtoben. Sie haben doch bestimmt bereits daran gedacht, an der Kastanie eine Schaukel für Lina anzubringen? Die Kastanie ist genauso alt wie das Haus, einhundertfünfzehn Jahre, und sie bietet auch Platz für ein Baumhaus für den kleinen Finn. Die Kastanie steht nicht allzu weit weg vom Haus, so daß Claudia die Kinder beaufsichtigen kann, wenn sie in der Küche das Essen für die Familie bereitet. Es wäre besser für die Kleinen, wenn Claudi sie immer im Blick hat, auch wenn Lina nur ihre Stoffpuppe auf der Veranda füttert.
Auf jeden Fall ist es besser, als daß die Kinder im Kel-

ler spielen. Haben die beiden eigentlich keine Angst im Keller? Ich jedenfalls hatte dort immer Angst. Sie werden wahrscheinlich schon bemerkt haben, daß man oben im Haus die Schreie aus dem Keller nicht hören kann!
Wer bekommt denn das schöne Turmzimmer? Natürlich erfahre ich das, sobald Sie eingezogen sind. Es wäre allerdings für meine Planung hilfreich, jetzt schon zu wissen, wer in welchem Zimmer schläft. Ich vermute, das Turmzimmer ist für die Prinzessin.
Überhaupt, wann ziehen Sie endlich ein? Wann werden die Kinder endlich hier schlafen? Ich warte schon viel zu lange auf Sie.

Es grüßt Sie ungeduldig
Der Beschützer

Juni:
Wut

Ich schaffte es gerade noch, ins Haus zu gehen mit dem Brief, dann fing ich an zu schreien. Es war ein Sonnabend, wir hatten keine Handwerker und waren zu viert in der Villa. Andreas hörte mich vom Obergeschoss aus und rannte die Treppe herunter. In dem Moment stürzte Balu aus dem Wohnzimmer, blieb abrupt auf allen vieren stehen und knurrte leise. Die Kinder waren hinter ihm hergelaufen. Aus den Augenwinkeln nahm ich wahr, dass sie im Türrahmen direkt hinter dem Hund standen.

„Vorsicht", versuchte ich Andreas zu warnen. Das niedliche Gesicht von dem kleinen Balu hatte sich wie durch Geisterhand in eine Angst einflößende Fratze verwandelt. Andreas sah nur mich und fragte ängstlich: „Was ist los, ist dir was passiert?"

Ich wollte noch sagen: „Bleib, wo du bist", aber es war zu spät. Als Andreas den nächsten Schritt machte, setzte Balu zum Sprung an. Das alles passierte in Sekundenschnelle, viel schneller, als mein Geist folgen und ich „Aus, Balu!" schreien konnte. Schon hing der Hund im Hosenbein von Andreas, wo er sich festbiss.

„Aus, Balu, aus!“, schrie ich, wie ich es von Rebekka gelernt hatte.

„Aus, Balu, aus!“, kam das Echo meiner Kinder aus dem Wohnzimmer.

Andreas schrie ebenfalls laut, vor Schmerz, aber je mehr er versuchte den Hund abzuschütteln, desto fester biss der Kleine zu.

„Aus, Balu, aus! Sitz!“

Endlich ließ der Hund von der Wade meines Mannes ab und setzte sich. Allerdings schaute er gewaltig irritiert von mir zu den Kindern und zurück.

„Verdammt noch mal, verfluchter Köter“, schimpfte Andreas und humpelte in die Küche, um sich erst mal hinzusetzen. Wahrscheinlich spürte er in diesem Moment noch gar nicht so sehr den Schmerz, aber man sah ihm an, dass ihm der Schreck gewaltig zusetzte. Ich wusste nicht, was ich mit dem Hund machen sollte, er sah wieder genauso niedlich und lieb aus wie zuvor. Womöglich wartete das kleine Tier darauf, jetzt von mir eine Belohnung zu erhalten, denn schließlich hatte er mich beschützt, was ja seine Aufgabe war – mir war schließlich nichts geschehen. Die Kinder waren starr vor Schreck.

Ich lief in die Küche, wo Andreas leise vor sich hin jammerte.

„Zeig mal“, sagte ich und wollte mir die Bescherung ansehen.

„Lass das, bring mir eine Schere!“ Mein Mann hatte unübersehbar Schmerzen. Und er war stocksauer. Wo hatte ich nur die große Schere gelassen? Fieberhaft suchte ich nach dem Werkzeug. Balu saß immer noch in der großen Diele. Lina und Finn drückten sich im Türrahmen zum Wohnzimmer herum, nicht wissend, was sie jetzt tun sollten.

„Wird's bald!", schrie mein Mann. Ich raste die Treppe hoch, da ich mich entsann, dass ich die Schere im neuen Zimmer von Lina gelassen hatte, als ich dort den Kabelbinder von ihrer Nachttischlampe entfernt hatte. Auf dem Weg in die Küche schnappte ich mir noch meine Handtasche, in der wie immer das First-Aid-Kit auf seinen Einsatz lauerte.

„Boah ey, ich bring den Köter um", sagte Andreas und riss mir die Schere aus der Hand. Er versuchte, damit den schweren Stoff seiner Jeans zu durchtrennen, aber er zitterte zu sehr.

„Warum ziehst du sie nicht einfach aus?", fragte ich.

Andreas strafte mich mit einem Blick, den ich gar nicht erst deuten wollte.

„Gib mal her!" Ich kniete mich vor ihm auf dem Küchenboden nieder und schnitt beherzt in die Jeans, was mit einer Papierschere zwar nicht leicht, aber auch nicht unmöglich war. Nachdem ich endlich den Saum durchtrennt hatte, konnte ich den dicken, mittlerweile blutgetränkten Stoff reißen. Aus der rechten Wade meines Mannes quoll das Blut. Ich nahm aus dem Erste-Hilfe-Set zunächst eine Mullbinde, um die Wunde von dem Blut zu befreien und sie näher in Augenschein nehmen zu können. Bei der Berührung schrie Andreas auf: „Au! Was machst du denn da?"

„Ich gucke mir deine Wunde an, lass das Bein ruhig!"

„Bring den Schnaps aus dem Eisschrank und kipp ihn

drüber“, sagte Andreas. Mein Mann hatte recht, Wodka war für die große Fläche besser als Jod. Ich stemmte mich hoch und holte die Flasche aus dem Kühlschrank.

„Zähne zusammenbeißen“, warnte ich ihn und kippte ihm dann die halbe Flasche über die immer noch heftig blutende Wunde. Er unterdrückte einen Schmerzensschrei. Danach gab ich ihm die Flasche, damit er einen Beruhigungsschluck nehmen konnte.

Dankbar griff er nach dem Wodka und kippte so viel hinunter, bis er anfing zu husten. In der Zwischenzeit hatte ich mir die Bisswunde angesehen. Es sah nicht gut aus, Balu hatte nicht nur seine Zähne in die Wade meines Mannes gehauen, sondern auch ein ordentliches Stück Wade herausgebissen. „Das muss genäht werden“, sagte ich zu Andreas.

„Was?“ Er schaute an seinem Bein hinunter auf die freiliegenden Muskeln. „Scheiße!“

Ich machte meinem Mann einen Druckverband mit Mullbinden. Draußen im Flur hörte ich Lina weinen. Und Finn sprach beruhigend auf Balu ein.

„Du hast Papa wehgetan, jetzt hat Papa Aua“, sagte mein Sohn. „Ich weiß, dass du das nicht wolltest, du bist ein lieber Hund.“

„Los, komm, ich fahr dich ins Krankenhaus!“, sagte ich. „Kannst du laufen?“

Er stand ächzend auf. „Ja, verdammt.“

„Lina, Finn, los, sofort ins Auto, ich muss Papa ins Krankenhaus bringen“, rief ich.

„Und Balu?“, fragte Finn.

„Der bleibt hier." Ich fragte mich, wie lange der kleine Hund noch hierbleiben durfte.

Ich warf mir die Handtasche über, nahm Finn und die leise vor sich hin schnüffelnde Lina an die Hand und bugsierte meinen Mann in meinen Wagen. Nachdem ich Andreas in der Notaufnahme im Hubertus-Krankenhaus abgeliefert hatte, brachte ich schnell meine Kinder zu meinen Eltern, die gerade ihr Frühstück beendet hatten.

Danach fuhr ich zurück in die Spanische Allee, wo mein Mann immer noch in der Notaufnahme wartete. Ich setzte mich zu ihm.

„Der Hund muss weg. Sieh zu, dass du ihn umgehend in ein Tierheim schaffst", sagte Andreas. Der Mann war nachtragend.

„Der Hund kann nichts dafür", sagte ich. „Er ist dazu erzogen worden, mich zu beschützen. Balu hat nur die Situation falsch eingeschätzt."

„Das ist mir scheißegal. Ich kann keine unberechenbare Bestie in meinem Haus gebrauchen, die mich in die Wade beißt, wenn ich pissen gehe." Wenn mein Mann anfängt, Gassenjargon zu reden, dann hat er wirklich Schmerzen.

Ich klappte den Mund zu und nahm mir vor, mit ihm darüber zu reden, sobald es ihm besser ging. Im Moment konnte er nicht klar denken und war für Argumente nicht zugänglich. Längst war auch der Notverband durchgeblutet, und ich stand auf, um ein wenig Dampf zu machen. „Der blutet Ihnen gleich die ganze Notaufnahme voll", sagte ich. Das half. „Er ist gleich dran", sagte die Aufnahmeschwester. Na bitte, ging doch.

Nachdem Andreas mit mehreren Stichen genäht, desinfiziert und verbunden worden war, fuhren wir zu meinen Eltern. Mama hatte auf die Schnelle ein Mittagessen aus ihrer Tiefkühltruhe gezaubert und betuttelte ihren geliebten Schwiegersohn wie eine Glucke ihre Jungen. Die Kinder hatten meinen Eltern von dem Unfallhergang berichtet, und so waren die beiden vorgewarnt.

„Da ist wohl was gewaltig schiefgelaufen", sagte mein Vater, während er sich eine große Portion Gulasch auf die Gabel schob.

„Warum hast du eigentlich so geschrien?", fragte meine Mutter. Ich schaute auf Lina und Finn und schüttelte den Kopf. Mir fiel auf, dass mich das Andreas bisher noch gar nicht gefragt hatte.

„Ich habe mich erschreckt", sagte ich, weil ich nicht vor den Kindern von dem neuen Brief berichten wollte.

„Mami hat eine Spinne gesehen", sagte Lina.

„Quatsch, wegen einer Spinne schreit Mama nicht so laut", wusste Finn.

„Ich habe eine Rechnung bekommen, über die ich mich geärgert habe", versuchte ich zu lügen.

„Wenn ich so schreien würde, wenn ich mich geärgert habe, wärst du sauer", sagte Finn. Da hatte er zweifelsohne recht.

„Wieso hast du dich geärgert, Mami?"

„Ist doch klar, weil die Rechnung zu hoch war", sagte Finn.

„Kleiner Schlauberger", sagte ich. „Wollt ihr nicht ein bisschen im Garten spielen gehen?" Mein Vater hatte für die Kinder sogar ein Trampolin aufgestellt.

Als die beiden verschwunden waren, sagte ich: „Wir haben wieder einen Brief bekommen."

„Zeig her!", sagte Andreas.

Ich holte den Brief aus meiner Tasche.

„Das ist doch … Das ist ja so was von infam, also …" Im Gegensatz zu mir verschlug es meinem Göttergatten die Sprache angesichts der neuerlichen Frechheiten. Er reichte den Brief an meine Eltern weiter.

„Jetzt kennt der die Namen unserer Kinder. Und deinen. Er weiß sogar, wie ich dich nenne. Sogar die Prinzessin ist ihm nicht verborgen geblieben. Ich verstehe das nicht, woher kann ein Fremder so etwas wissen?"

„Indem er uns nicht nur beobachtet, sondern auch abhört", sagte ich.

„Und wie soll er das machen?"

„Vielleicht hat er Kameras und Mikrofone eingebaut?"

„Quatsch, das hätten wir bemerkt", sagte Andreas.

„Vielleicht ist es ein Nachbar. Ihr unterhaltet euch doch auch im Garten. Da reicht es schon, richtig die Lauscher aufzusperren", sagte mein Vater.

„Oder ein Richtmikrofon", sagte meine Mutter, die leidenschaftliche Krimileserin.

„Was können wir tun, um diesem Spuk ein Ende zu setzen?", sagte ich.

„Also der Hund kommt erst mal weg, so viel ist klar", sagte Andreas.

Meine Mutter und ich tauschten einen vielsagenden Blick.

„Claudi fühlt sich mit dem Hund aber sicherer. Und er

hat ja auch ganz prima auf sie aufgepasst. Der Hund muss nur noch lernen, dass du ebenfalls zum Rudel gehörst und deiner Frau nichts tust. Ist alles eine Erziehungssache", sagte meine Mutter.

„Quatsch, der Hund muss weg. Darauf bestehe ich. Und zwar heute noch!"

„Das kannst du deinen Kindern nicht antun." Mein Vater ergriff unsere Partei.

„Was, wenn er die Kinder anfällt, weil sie beim Spielen ihm mal aus Versehen auf die Pfote treten?"

„Das wird der Hund nicht tun, glaub mir", sagte meine Mutter. „Du bist einfach nicht oft genug zu Hause, als dass er schon kapiert haben könnte, dass du der Beschützer bist." In dem Moment, wo sie es ausgesprochen hatte, schlug sie sich auf den Mund. „Also, äh, ich meinte, sorry, streich den letzten Satz."

„Willst du damit andeuten, ich hätte die Briefe geschrieben?" Andreas lief rot an vor Wut.

„Natürlich nicht, ich meinte einfach nur, dass du als Ehemann der natürliche Beschützer deiner Frau bist und der Hund dich deshalb nicht angreifen darf. Tut mir leid, ich sehe schon, das Wort Beschützer ist jetzt in der Familie Wöhrmann zum Unwort des Jahres avanciert."

Ich blickte meine Mutter an. Ich kannte sie gut, immerhin seit fünfunddreißig Jahren. Sie hatte sich nicht versprochen. Meine Mutter wählte Worte immer mit Bedacht, schließlich war sie Lektorin. Was wollte sie mir da gerade signalisiert haben?

Ich stand auf, ging ins Bad und spritzte mir kaltes Wasser

ins Gesicht. Könnte Andreas der Beschützer sein? War es das, was Mama mir hatte sagen wollen? Komisch, mir war einmal das Gleiche durch den Kopf geschossen. Es war nur das kurze Aufblitzen eines Gedankens gewesen. Den ich aber sofort wieder verworfen hatte. Andreas gewann nichts durch die Briefe, im Gegenteil.

Was sollte ich nur tun, was konnte ich jetzt tun? Ich konnte Lina und Finn nicht antun, dass Balu ins Tierheim gebracht wurde. Und wenn ich ehrlich war, war ich sogar fast ein wenig stolz darauf, wie der Welpe mich mit Klauen und Zähnen verteidigt hatte. Auf der anderen Seite schien ein Hund den durchgeknallten Briefeschreiber auch nicht abzuschrecken. Aber vielleicht war das auch nur eine Schutzbehauptung des Beschützers.

Ich ging zurück ins Speisezimmer. „Ich schlage vor, dass ich Rebekka anrufe und frage, was wir tun können, damit so etwas wie heute früh nicht mehr passiert", sagte ich.

Mein Mann funkelte mich zornig an. „Ich dachte, ich hätte mich klar genug ausgedrückt – das Vieh kommt weg. Heute noch!"

Ich setzte mich zu ihm und nahm seine Hand. „Schatz, ich verstehe, dass du sauer bist. Stell dir mal vor, Lina hätte dir aus Versehen kochend heißes Wasser über die Wade gegossen. Würdest du deine Tochter dann auch abschaffen wollen?" Auf die Schnelle war mir kein besseres Argument eingefallen.

„Das ist ja wohl nicht das Gleiche!" Er zog die Hand weg.

„Nein, ist es nicht. Aber der kleine Hund hat geglaubt, das Richtige zu tun. Wir haben mit ihm jetzt wochenlang trainiert, nur du warst dazu nicht bereit. Bitte, gib uns eine Chance."

„Wenn diese Trulla mit euch richtig trainiert hätte, hätte der Hund auf dich oder die Kinder gehört. Ich entsinne mich ziemlich deutlich daran, dass du ‚Aus' und ‚Sitz' gerufen hast", sagte Andreas.

„Es ist noch kein Meisterwachhund vom Himmel gefallen", sagte ich und spürte, wie mir die Tränen kamen. Ich hatte mich in das kleine Energiebündel wirklich verliebt, es kam einfach nicht in Frage, dass Andreas ihn weggab.

„Claudia, wenn der Hund mich schon anfällt, was glaubst du, macht er mit Passanten oder Besuchern?", sagte Andreas. „Ich habe keine Lust, regelmäßig Buß- oder Schmerzensgelder an Fremde zu zahlen!"

Dem war wenig entgegenzusetzen. Da kam mir eine Idee. „Ich schlage folgenden Deal vor: Balu bekommt ab sofort einen Maulkorb umgehängt, bis er begriffen hat, dass man keine Menschen anfällt."

„Hhm, und wie frisst der Köter?"

„Wir leinen ihn draußen im Garten an, von mir aus bringen wir ihn in einer Hundehütte unter, wenn wir in der Villa sind. Er kann ab sofort über Nacht in der Villa bleiben."

„Und du glaubst, dass der als Wachhund taugt? Wie soll er uns mit Maulkorb in einer Hundehütte bewachen? Claudia, das ist unlogisch!"

„Er kann doch nachts im Haus bleiben, ohne Maulkorb, und dort bekommt er auch sein Fressen. Den Maulkorb muss er nur tragen, wenn wir da sind."

Ich warf einen Hilfe suchenden Blick zu meinem Vater, der sich mit Andreas sehr gut verstand.

„Das hört sich doch nach einem sehr praktikablen Kompromiss an, finde ich", sagte er. Auch meine Mutter nickte. „Ist doch nur, solange der Kleine noch nicht richtig sozialisiert ist. Und wenn du mit ihm mit trainierst, dauert das bestimmt nicht lange."

„Ich möchte nicht in deiner Haut stecken, wenn du Lina und Finn erklärst, dass der Hund abgeschafft wird", sagte mein Vater. Das war offensichtlich genau das richtige Argument für einen Mann, denn nach einer kurzen Denkpause nickte Andreas.

„Okay. Ich fahre jetzt nach Hause und haue mich aufs Ohr und ihr seht zu, dass der Hund was zu fressen kriegt, und befragt die unersetzliche Rebekka, was zu tun ist. Aber ich sage euch gleich, ich mache das nicht unendlich mit. Wenn das in vier Wochen nicht klappt, ist Schicht im Schacht."

Am liebsten wäre ich meinem Brummbären um den Hals gefallen. Ich atmete einmal tief durch und schlug mit der flachen Hand auf den Tisch: „Deal!"

Beim Abschied drückte mich meine Mutter ganz fest. „Gut gemacht", flüsterte sie mir ins Ohr.

Wir fuhren Andreas nach Hause, und ich kehrte mit den Kindern zurück in die Villa. Balu sprang begeistert an mir hoch, als ich die Tür öffnete, er versuchte, mir das Gesicht zu lecken. Ich setzte mich auf die Treppe und rief Rebekka an. Der kleine Hund sprang winselnd um mich herum. Rebekka versprach, am Sonntag vorbeizukommen, damit wir die erste gemeinsame Trainingsstunde mit Andreas absolvieren konnten.

Damit hatte ich noch keines meiner Probleme gelöst, sondern nur eines hinausgeschoben. Das größte Problem war und blieb der Beschützer.

Als die Kinder abends im Bett waren, setzte ich mich mit einem Glas Wein zu Andreas auf das Sofa, wo er sein Bein mit einem Eispack hochgelagert hatte.

„Was machen wir denn jetzt, was können wir eigentlich noch tun, um diesen Bekloppten zu stoppen?“, fragte ich.

„Der hört uns ab. Wir sollten vielleicht doch Kameras im Garten und im Eingangsbereich anbringen“, schlug mein Mann vor. „Vielleicht turnt der ja um unser Haus herum, wenn wir nicht da sind. Und bringt Mikrophone an oder so was.“

„Reicht das alles immer noch nicht für eine Anzeige bei der Polizei?“

„Was willst du anzeigen? Hat er dich bedroht? Hat er die Kinder bedroht? Er bettelt nur darum, dass wir einziehen.“

„Gibt es nicht so was wie den Tatbestand des Stalkings?“

„Natürlich gibt es den. Aber was hilft uns das?“

„Du bist doch Rechtsanwalt. Gibt es nichts, weswegen wir den Schreiber anzeigen könnten?“

„Theoretisch schon. Es gibt den Straftatbestand der Nachstellung, Paragraf 238, Strafgesetzbuch. Unbefugte Nachstellungen, die geeignet sind, die Lebensgestaltung von Menschen schwerwiegend zu beeinträchtigen, werden mit einer Freiheitsstrafe bis zu drei Jahren bestraft.“

„Na also, warum gehen wir dann nicht zur Polizei?“

„Was willst du anzeigen? Die Briefe? Paragraph 238, Absatz 2 kennt zwar die Verwendung von Mitteln der Kommunikation, mit der Kontakt hergestellt wird, also auch Briefe. Aber bedrohen uns diese Briefe, beeinträchtigen die Briefe unsere Lebensgestaltung?"

„Ja, natürlich. Wir haben eine Alarmanlage installiert, einen Hund gekauft, wir sind noch nicht eingezogen. Ich kann kaum noch schlafen."

„Fein. Und wen sollten wir deiner Meinung nach anzeigen?"

Frustriert ließ ich den Kopf sinken. „Aber die Polizei könnte doch ermitteln?"

„Siehst du irgendwo ein öffentliches Interesse?"

„Das muss gegeben sein?"

„Sollte es. Natürlich können wir Anzeige gegen Unbekannt erstatten, wir können jeden Brief bei der Polizei vorbeibringen und einen Antrag auf Verfolgung stellen. Aber was glaubst du, was die damit machen? Du bist eine schöne Frau, ich bin Rechtsanwalt – der natürliche Feind des Polizisten –, und wir sind in deren Augen reich. Die denken: Geschieht denen ganz recht. Du kennst doch den Sozialneid der Menschen. Also Ablage P."

„Aber es müsste doch irgendwo eine Möglichkeit geben, sich zu wehren! Wozu ist die Polizei eigentlich da?"

„Ja, wenn wir den Täter ermitteln, dann kann die Polizei handeln. Kann, muss aber nicht."

„Und wenn wir ein Detektivbüro beauftragen?", fragte ich.

„Hast du Geld?", fragte mein Mann. Er hatte recht, wir waren mehr als knapp bei Kasse.

Da ich inzwischen auch hatte einsehen müssen, dass wir nicht vor Ende des Jahres mit der Renovierung des neuen Hauses und der alten Wohnung fertig werden würden, hatte ich meinen neuen Job bereits wieder gekündigt. Da Radiologie-Assistentinnen in Berlin gesucht waren, brauchte ich nicht zu befürchten, keinen anderen Job zu finden.

Durch die Sicherungsmaßnahmen waren uns außerdem unerwartete Kosten entstanden, und die Umbauten wurden ebenfalls deutlich teurer als kalkuliert. Darüber hinaus wohnten wir immer noch zur Miete und hatten die Wohnung auch noch nicht gekündigt. Andreas fuhr wie immer seinen Range Rover, und die Jahresmitgliedschaft im Segelclub war schließlich Anfang des Jahres schon bezahlt worden.

„Es kann doch nicht so schwierig sein, den Täter zu ermitteln", sagte ich. „Es kommt ja nur ein direkter Nachbar in Frage, also entweder nebenan oder angrenzend ans Grundstück von der Alemannenstraße oder der Rehwiese. Wenn ich es richtig sehe, sind das maximal drei Grundstücke. Und auf einem wohnt die demente Frau Siebenschuh und ihr – vorsichtig ausgedrückt – merkwürdiger Sohn."

„Vielleicht sollten wir uns noch mal mit den Genskes treffen und sie nach den anderen Nachbarn ausfragen", sagte Andreas.

„Ich hatte das Gefühl, dass Frau Genske Angst hatte, als ich sie nach merkwürdigen Briefen gefragt habe", sagte ich.

„Nicht ganz zu Unrecht", sagte Andreas. „Ich überlege

schon die ganze Zeit, ob wir den Kauf wegen Täuschung nicht rückabwickeln können."

„Bist du verrückt, wir haben schon viel zu viel Arbeit und Geld in das Haus gesteckt", gab ich zu bedenken.

„Eben. Aber vielleicht ist ein Ende mit Schrecken besser als ein Schrecken ohne Ende."

„Kommt nicht in Frage, das kann ich auch meinen Eltern nicht antun."

„Dann müssen wir es eben ganz verkaufen. Nach dem Umbau. Aber wenn die neuen Käufer auch solche Briefe bekommen, könnten sie uns ebenfalls auf Rücknahme verklagen. Wir dürfen diese Briefe auf keinen Fall öffentlich machen. Falls wir irgendwann gezwungen wären, das Haus zu verkaufen, wären sie ein absolutes Verkaufshindernis."

„Lass uns doch erst mal mit den Genskes sprechen. Einen Versuch ist es schließlich wert", sagte ich. Ich wollte mich nicht von meinem Traum verabschieden, auch wenn das Haus mir Angst einjagte. Ich schlief immer schlechter, lag oft stundenlang nachts wach und grübelte, wie wir aus dieser Situation herauskommen könnten. Dabei wusste ich sehr genau, dass es eigentlich ganz einfach war: Wir mussten die Briefe ignorieren, uns sagen, das ist ein Irrer, und das tun, was wir uns vorgenommen hatten. So würde ein Unbeteiligter reagieren, einer, der an die Sache mit einem kühlen Kopf herangeht. Denn ganz kühl betrachtet, hatten drei harmlose Briefe unsere Welt erschüttert. Wie leicht es doch war, Menschen in den Wahnsinn zu treiben, sagte ich mir immer wieder und versprach mir selbst, nicht so hysterisch zu reagieren. Aber es half nichts, der Mensch besteht nicht nur aus einem kühlen Kopf, sondern vor allem aus heißen Emotionen.

Am nächsten Tag kam Andreas mit zum Hundetraining in die Villa. Rebekka erklärte ihm mit ruhigen Worten, was schiefgelaufen war und warum der Hund so gehandelt hatte, wie er die Situation verstanden hatte. Die Kinder waren begeistert, dass ihr Vater beim Training von Balu dabei war.

Doch wir konnten Balu nicht zum Übernachten in der Villa lassen. Der Kleine bellte die ganze Nachbarschaft zusammen, wie mir eine Frau Löbel von nebenan mitteilte. Es war meine erste Begegnung mit einer Nachbarin und mir deshalb besonders peinlich, schließlich hatten wir uns noch nicht bei ihnen vorgestellt. Am nächsten Abend winselte Balu so herzzerreißend, dass sogar Andreas Mitleid mit dem Tier bekam und Balu ins Auto holte.

Andreas bestellte im Internet Überwachungskameras, die er auf den Balkonen installierte.

Am Montag begannen die Umbauarbeiten für die Küche. Wir hatten noch mal unsere Versicherung gecheckt. Andreas meinte, dass wir mit den ganzen Umbauten, die wir im Moment und in naher Zukunft noch vorhatten, unterversichert wären. Deshalb stockten wir unsere Versicherung noch einmal auf.

Balu spielte mit den Kindern im Garten, während ich den Handwerkern genaue Anweisungen gab. Ich versuchte mehrmals bei den Genskes anzurufen, aber niemand ging ans Telefon, weder an das Festnetz noch an ihre Handys. Merkwürdig.

Am Donnerstag fuhren meine Eltern zu ihrem lang geplanten Yogakurs. Ich kam mir fast nackt vor ohne die Rückendeckung meiner Eltern, die im Notfall immer parat gestanden hatten.

Die Vorarbeiten für die Küche gingen schnell voran. Doch obwohl ich das Haus immer wieder gründlich putzte, wollte dieser merkwürdige Geruch nicht aus ihm weichen. „Wonach stinkt das hier?“, fragte ich deshalb einen der Fliesenleger.

„Nach verschütteter Milch, würde ich sagen.“

Ich hätte es direkter ausgedrückt, es stank in dem Haus nach Käse. Und zwar im Keller und in den Wirtschaftsräumen im Erdgeschoss. Im Obergeschoss roch es anders, mehr nach Moder, was angesichts des defekten Dachstuhls kein Wunder war.

Aber wie konnte ich diesem Käsegestank Herr werden? Ich hatte schon in jeder Steckdose Lufterfrischer angebracht, überall standen, wie meine Mutter mir geraten hatte, Schälchen mit Kaffeepulver herum, immer wieder war ich an den offenen Flächen dem Gestank mit Meister Proper zu Leibe gerückt – aber wenn wir frühmorgens die Haustür öffneten, begrüßte uns wieder ein Schwall Käsegestank. Hatte irgendjemand hier Buttersäure verschüttet? Eine Stinkbombe geschmissen? Aber wer? Ich hatte schon den Keller akribisch abgesucht, aber nirgendwo eine tote Ratte oder eine vergessene Packung Milch gefunden. Das Haus hatte bei den Besichtigungen ganz und gar nicht so gerochen. Ich bildete mir ein, dass der Gestank von Tag zu Tag stärker wurde. Wobei Andreas mir entgegenhielt, dass dies wohl Einbildung wäre. Er nahm den Geruch „nur ganz schwach“ wahr.

Ich sprach den Genskes auf ihren Anrufbeantworter und bat um einen dringenden Rückruf, der nicht erfolgte. Dafür bekamen wir wieder Post.

Juli:
Post

Liebe Familie Wöhrmann!

Was machen Sie denn um Gottes willen? Habe ich Sie nicht ausdrücklich gewarnt? Wie können Sie das Haus so brutal vergewaltigen und die Küche in den Damensalon verlegen? Sie stehlen dem Haus seine Geschichte, und jetzt weint es seiner Vergangenheit hinterher. Hören Sie das Haus eigentlich nicht schreien? Es sind Schmerzensschreie, weil Sie es verändert haben.
Wissen Sie überhaupt, was ein Salon ist? Dorthin haben sich die Damen nach dem Essen aus dem angrenzenden Speisezimmer auf ein Likörchen zurückgezogen, während sich die Herren auf der gegenüberliegenden Seite im Herrenzimmer eine Zigarre gönnten.
Was für eine dumme Idee, im ehemaligen Salon die Küche einzurichten. Abgesehen von den immensen Kosten für die Verlegung der Versorgungsleitungen.
Haben Sie denn ganz vergessen, daß Sie die Kinder beim Spielen im Garten beim Zubereiten der Speisen im Blick haben sollten? Stattdessen verstellt Ihnen jetzt

die dicke Eibe die Sicht auf Lina und Finn. Das werden Sie bereuen.
Wußten Sie nicht, dass Eiben hochgiftig sind? Bereits eine Aufnahme von fünfzig Gramm Eibennadeln kann für einen Erwachsenen tödlich sein, wie wenig braucht es da für ein Kind? Besser, Sie achten auf die Symptome einer Taxin-Vergiftung: beschleunigter Puls, erweiterte Pupillen, Erbrechen, Schwindel, Kreislaufzusammenbruch. Der Tod tritt rasch durch Atemlähmung und Herzversagen ein. Selbst wenn man eine solche Vergiftung überlebt, trägt man einen bleibenden Leberschaden davon.
Ich habe Sie gewarnt. Hören Sie auf, das Haus zu zerstören, sonst zerstört es Ihre Familie.
Lassen Sie sich meines immer noch guten Willens versichern.

Hochachtungsvoll
Der Beschützer

Juli:
Polizei

„Jetzt reicht's", sagte ich. Diesmal zitterte ich nicht, ich heulte nicht, ich bekam einen fundamentalen Wutanfall. Der Brief erreichte mich an einem Mittwochmorgen, kaum hatte ich die Villa betreten, trat ich vor Wut dreimal gegen die Tür, was der Tür weniger schadete als meinem großen Zeh.

Meine Kinder schauten mich erschreckt an, ich schaute erschreckt zurück. Balu hatte sich unter der Treppe versteckt.

„Schon gut, mit Mami ist alles in Ordnung", sagte ich mit schlechtem Gewissen. Mütter sollten schließlich Vorbild sein und nicht die Beherrschung verlieren.

„Kommt, Balu muss Gassi."

Was ich meinen Kindern nicht sagte, war das Ziel des Ausflugs: die Polizeiwache in der Alemannenstraße, ein paar hundert Meter von unserer Villa entfernt.

Ich betrat die Wache, setzte meine Kinder auf die Bank im Eingangsbereich und fragte einen Uniformierten hinter einem Tresen, wo ich denn eine Anzeige aufgeben könne. Worum es denn gehe, fragte mich der Diensthabende. „Wir werden mit anonymen Briefen tyrannisiert, jetzt werden sogar meine Kinder bedroht", sagte ich leise und reichte dem Uniformierten den Brief über den Tresen.

„Sie wissen nicht, wer der Briefschreiber ist?", fragte mich der Polizist.

Ich schüttelte den Kopf.

„Nehmen Sie einen Moment Platz", sagte der Mann und telefonierte. Der Moment dauerte gefühlt eine Stunde, bis eine junge Polizistin kam und mich bat, ihr zu folgen.

Ich fragte den Wachhabenden, ob meine Kinder draußen im Eingangsbereich mit dem Hund bleiben könnten.

„Kein Problem", sagte er, „ich passe auf."

„Seid schön artig und wartet hier auf mich", sagte ich. Ich hatte zwar ein schlechtes Gefühl, aber der Wachhabende hinter dem Tresen hatte meine drei im Blick.

Die Polizistin führte mich in einen Raum, wo ich Platz nehmen konnte. Ich reichte ihr den Brief.

„Das ist der vierte Brief", sagte ich. „Aber der ist jetzt wirklich grob. Ich verstehe das als Drohung."

„Tja", sagte die Polizistin. „Haben Sie die anderen Briefe auch bei sich?"

Hatte ich natürlich nicht.

„Und Sie können sich nicht vorstellen, wer diesen Brief geschrieben hat?"

„Wir haben keine Ahnung, wir wohnen da ja noch nicht und trauen uns auch nicht, einzuziehen. Es begann wirklich mit Übergabe des Hauses, auch die Vorbesitzer haben angeblich ganz zum Schluss so einen Brief erhalten."

„Gut, dann stellen Sie jetzt eine Anzeige gegen Unbekannt", sagte die junge Frau.

„Und dann?“

Die Frau sah mich genauso hilflos an, wie ich mich fühlte. „Wir werden der Sache nachgehen“, versprach sie mir. Es war genau, wie Andreas gesagt hatte. Hornberger Schießen.

Sie nahm die Anzeige auf, ich bekam eine Bearbeitungsnummer und konnte gehen. Aber was hatte ich erwartet? Dass eine Sonderkommission gebildet wird? Soko Wöhrmann? Als ich das Revier mit meinen Kindern und dem Hund im Schlepptau verließ, hatte ich einen schalen Nachgeschmack im Mund. Am liebsten wäre ich nach Hause gefahren, hätte mich ins Badezimmer eingeschlossen, ein heißes Bad genommen und eine Runde geflennt. Aber ich hatte Kinder, Handwerker und Arbeit.

„Wieso waren wir bei der Polizei?“, fragte Finn, der begeistert die schönen silber-blauen Autos begutachtete, die vor der Tür geparkt hatten.

Was sollte ich meinen Kindern sagen? Dass sie bedroht wurden? Ganz bestimmt nicht. Aber Kinder sind nicht so leicht abzuspeisen mit Halbwahrheiten.

„Wir bekommen böse Briefe, da will uns jemand ärgern.“

„Wer ärgert dich, Mami?“, fragte Lina. Ich nahm meine Kleine auf den Arm, auch wenn sie inzwischen schon ganz schön schwer geworden war.

„Jemand, den ich nicht kenne.“

„Wie kann dich jemand ärgern, den du nicht kennst?“, fragte Finn. Tja, gute Frage, Großer.

Wir verbrachten den Tag im Haus, denn ich musste auf die Küchenmöbel warten, deren Lieferung für den frühen Nachmittag angekündigt war.

Mittlerweile wagte ich mich nicht einmal mehr in den Garten. Denn ganz offensichtlich wurden wir dort beobachtet. Niemand kam in das Haus, jedenfalls erhielten wir keine Bilder von den Überwachungskameras von irgendwelchen Besuchern. Aber es war natürlich möglich, dass man uns von den angrenzenden Grundstücken aus beobachtete. Die Kinder spielten auch gern auf dem Dachboden und am allerliebsten im Turmzimmer, und auch Balu wälzte sich begeistert im Staub.

Am späten Nachmittag rief Frau Genske an. Ich bat sie um ein Treffen, wir würden gern mehr über unsere Nachbarn erfahren. Frau Genske zögerte. „Meinem Mann geht es nicht sehr gut", sagte sie. „Ich weiß nicht …"

„Wir haben schon wieder so einen schrecklichen Brief bekommen", sagte ich. Ich hatte keine Lust, bei der Frau zu betteln, aber sie zierte sich wie die Zicke am Strick. Ich ging aus dem Zimmer in den Flur, weil ich nicht wollte, dass Lina und Finn etwas von dem Telefonat mitbekamen. „Diesmal gab es sogar Morddrohungen gegen meine Kinder", sagte ich leise.

„Sonntagnachmittag, wenn Sie wollen, Sie müssten aber zu uns kommen", sagte Frau Genske. Die beiden hatten sich im Rosengarten eingekauft, einem exklusiven Altenwohnheim in Dahlem.

„Abgemacht."

Auf die Küchenmöbel warteten nicht nur wir, sondern auch die Küchenbauer vergebens. Nach mehreren Telefonaten erfuhren wir, dass der Spediteur einen Unfall gehabt hatte und deshalb nicht liefern konnte. Man würde mir per E-Mail einen neuen Termin geben.

Ich war bedient. Als Andreas am frühen Abend anrief und fragte, wie denn die neuen Möbel aussehen würden, war ich mit meinen Nerven am Ende. „Wie sie aussehen? Scheiße sehen sie aus. Nämlich gar nicht!"

„Wie gar nicht?"

„Sie sind nicht geliefert worden!"

„Das glaube ich jetzt nicht!"

„Bitte, lass uns essen gehen, ich kriege heute nichts mehr auf die Reihe."

„Du, das wollte ich dir gerade sagen, bei mir wird es heute später. Ich muss mit einem Mandanten essen gehen. Wartet nicht auf mich, du kannst ja mit den Kids zu McDonald's fahren."

Das hatte mir gerade noch gefehlt! Fiel Männern eigentlich nichts anderes ein, als ihre Kinder in einem Burgerschuppen zu parken, wenn sie gerade indisponiert waren? Zugegeben, mit einem Sechsjährigen und einer Dreijährigen alleine in einem ordentlichen Restaurant war ich meistens heillos überfordert. Frustriert fuhr ich mit den Kindern nach Hause und bestellte Pizza beim Lieferservice.

Es war bereits kurz vor Mitternacht, als Andreas nach Hause kam. An seiner schleppenden Sprechweise merkte ich, dass er reichlich Wein getrunken haben musste. Er fiel ohne große Diskussionen ins Bett, ein vernünftiges Gespräch über den neu eingetroffenen Brief war nicht möglich. Nun denn, dachte ich, morgen ist auch noch ein Tag. Ich schloss die Augen, aber schlafen konnte ich nicht. Der Text des Briefes lief wie ein Filmabspann vor meinen Augen: „Wussten Sie wirklich nicht, dass Eiben hochgiftig sind? Bereits eine Aufnahme von fünfzig Gramm Eibennadeln kann für einen Erwachsenen tödlich sein, wie wenig braucht es da für ein Kind?“

Ich wälzte mich von rechts nach links und von links nach rechts. Was tun? Die Eibe musste weg, so viel war klar. Und zwar morgen. Ich hatte tatsächlich nicht gewusst, dass Eiben giftig sind, aber ich hatte natürlich sofort bei Wikipedia recherchiert, als die Kinder im Bett waren. Ich würde mir am nächsten Tag eine Firma suchen, die das giftige Teil umgehend beseitigt. Und dann hätte ich auch wieder freien Blick auf meine spielenden Kinder.

Am nächsten Morgen legte ich Andreas den Brief und die Anzeige auf sein Bett, während er im Bad war, denn ich wollte nicht, dass wir das vor den Kindern diskutieren mussten.

Ich hatte erwartet, dass Andreas genauso wütend reagierte wie ich. Was ich nicht erwartet hatte, war, dass Andreas wütend auf mich war.

„Sag mal, bist du jetzt von allen guten Geistern verlassen, oder was? Habe ich dir nicht verboten, zur Polizei zu gehen?“

So sauer hatte ich ihn selten gesehen, überhaupt flippte mein Göttergatte in letzter Zeit ziemlich oft aus, ich nahm an, dass auch er mit den Nerven fertig war.

„Spinnst du? Der bedroht unsere Kinder. Es wurde höchste Zeit, dass wir handeln. Ich verstehe nicht, wieso du nicht zur Polizei wolltest.“

„Der bedroht mitnichten unsere Kinder. Der macht nur buh buh.“

„Selbst, wenn er nur buh buh macht, wieso sollten wir ihn nicht anzeigen? Ich kann nicht mehr schlafen, du bist unleidlich, und die Kinder wissen nicht, was sie von dem Ganzen halten sollen. So geht das einfach nicht weiter!"

„Kapierst du es wirklich nicht? Ich habe dir gesagt: Keine Polizei. Jetzt ist es aktenkundig, dass wir belästigt werden. Wir können das Haus jetzt nicht mehr verkaufen und so tun, als ob wir nie einen Brief bekommen hätten. Wenn wir das unterschlagen, kann der zukünftige Käufer den Kauf rückgängig machen, das ist doch wohl nicht so schwer zu verstehen, Herrgott noch mal!"

„Ich will das Haus aber gar nicht verkaufen. Es ist mein Traumhaus, und wir haben jetzt schon so viel Arbeit und Geld reingesteckt, es kommt gar nicht in Frage, dass wir das kampflos aufgeben!"

„Wir werden aber wahrscheinlich dazu gezwungen sein, ich sehe nicht, wie wir das auf Dauer finanziell stemmen sollen. Wir können uns die Wohnung einfach nicht mehr länger nebenher leisten. Und einziehen können wir wohl auch nicht."

„Und ich habe gedacht, du bist ein Kämpfer. Wo ist mein großer, strahlender Held geblieben, der vor Gericht jede noch so aussichtslose Schlacht gewinnt?", sagte ich. „Ich werde dieses Haus nicht aufgeben, das kommt überhaupt nicht in Frage!"

„Dann geh arbeiten oder beschaff das Geld, wir brauchen schließlich auch noch was zu essen", sagte Andreas. „Ich mache ständig Überstunden und nehme mehr Mandanten an, als ich verkraften kann, mehr kann ich nicht tun."

„Du hast versprochen, den Range zu verkaufen und auf ein kleineres Auto umzusteigen. Und den Segelclub zu kündigen."

„Wofür verdammt noch mal? Dafür, dass wir von einem Irren belästigt werden? Dafür, dass du unsere Kinder einsperrst und von einem Bluthund bewachen lassen musst?"

„Du spinnst doch, Balu ist kein Bluthund", sagte ich und tippt mit dem Zeigefinger an die Stirn.

„Ach nee, und warum spielen unsere Kinder dann nicht im Garten?"

„Ich rufe heute einen Baumfälldienst an, damit die die Eibe umlegen."

Andreas lachte laut. „Das glaubst du doch wohl selbst nicht."

„Wieso nicht?", fragte ich.

„Schon mal was vom Berliner Naturschutzgesetz gehört?"

„Ich bin ganz Ohr."

„Mach dich selbst schlau", sagte Andreas und verließ nicht nur das Schlafzimmer, sondern auch die Wohnung, nicht ohne hinter sich die Haustür zuzuknallen. Das hatte er noch nie getan.

Als ich in die Küche kam, schaute ich in vier entsetzt blickende Augen.

Ich versuchte, so normal wie möglich zu sein, aber selbst in meinen Ohren klang meine muntere Stimme falsch. Nicht nur Andreas hatte den beiden einen Schrecken eingejagt, sie hatten unseren lautstarken Streit im Schlafzimmer gehört. Ich war genauso schuld wie mein Mann.

Es war das erste Mal, dass die Kinder einen Streit mitbekommen hatten. Bisher hatten wir immer vermieden, unsere Meinungsverschiedenheiten vor oder in Anwesenheit der Kinder auszutragen.

„Mami, warum bist du böse auf Papa?“, fragte Finn.

„Papa ist gestern zu spät nach Hause gekommen“, sagte meine altkluge Tochter.

Ach, wenn es doch nur das gewesen wäre. Ich spürte, wie mein Mann mir entglitt. Je länger wir das Haus besaßen, desto weiter entfernten wir uns voneinander. Ich hatte schon von Paaren gehört, die gemeinsam ein Haus bauten und sich einen Tag vor dem Einzug trennten. Es war, als hätte das Haus einen unsichtbaren Vorhang zwischen uns gezogen. Und mit jedem Brief, der eigentlich bewirken sollte, dass wir näher zusammenrücken, wurde der Vorhang dichter. Andreas und ich waren im Moment nicht auf derselben Wellenlänge. Oder hatte es schon vor dem Hauskauf angefangen?

Nachts, wenn ich schweißgebadet wach lag, grübelte ich schon seit Wochen darüber nach, seit wann mein Mann mir fremd geworden war. War der gemeinsame Hauskauf vielleicht nur so etwas wie ein unbewusster Rettungsversuch unserer Ehe? Die anfängliche Euphorie, die Freude darüber, dass wir das Haus zu so einem günstigen Preis bekommen hatten, die gemeinsamen Planungen, war all das nur der Puderzucker gewesen, der einen Riss durch unsere Ehe überdeckte?

Es war schon eine Weile her, dass ich in seinen Armen wirklich glücklich gewesen war. Um ehrlich zu sein, war der Sex seit Linas Geburt nur mehr eine Pflichtübung, die wir in den letzten Wochen beide ohne offensichtliches Bedauern vernachlässigt hatten. Schließlich waren wir todmüde von den Pflichten, die der Umbau des Hauses mit sich gebracht hatte.

Immer öfter hatte Andreas am Abend Essen mit Mandanten, oder er musste noch Akten wälzen vor einem „mega wichtigen“ Prozess. Ich hatte mich bisher mit der Überlegung beruhigt, dass Andreas sich in seinem Beruf wesentlich wohler fühlte denn als Bauherr, und hatte diesen Platz ganz selbstverständlich allein eingenommen.

„Kommt, Kinder, wir müssen, die Handwerker kommen gleich“, trieb ich Lina und Finn zur Eile an. Ein langer Tag, eingesperrt in einem Spukhaus lag vor uns.

Während die Kinder auf dem Dachboden spielten, telefonierte ich mit einem Unternehmen, das sich als zertifizierter Berliner Betrieb für Pflege und Fällung von Bäumen im Internet anpries.

Der Mann am Telefon lachte mich aus. „Meine Dame, gern fällen wir Ihre Bäume, es sei denn, sie sind zu alt und stehen deshalb unter Naturschutz. Das wird anhand des Stammumfangs festgestellt. Natürlich müssen Sie das vorher genehmigen lassen. Aber wir werden ganz sicher nicht vor Oktober ins Geschäft kommen, denn zwischen dem 1. März und dem 30. September ist das Fällen von Bäumen verboten, zudem sind wir bis Mitte Dezember komplett ausgebucht.“

Ich erfuhr, dass während der Brut- und Setzzeit zwischen dem 1. März und dem 30. September nach dem Bundesnaturschutzgesetz eine generelle Sperrzeit für Baumfällungen und „habitusverändernde Eingriffe“, wie er es nannte, bestand. Diese Sperrzeit galt sowohl für Bäume, die eine gewisse Mindestgröße und einen gewissen Stammumfang besitzen, als auch für Sträucher und Büsche. Schöner Mist.

Kurz nach siebzehn Uhr kamen endlich die ersehnten Möbel. Die Tischler, die seit dem Morgen darauf warteten, die Möbel zu montieren, hatten gerade Feierabend gemacht.

„Nie Arbeitsplatte. Bei Unfall bumm, wir Versicherung melden“, informierte mich einer der Männer von der Spedition, die die Teile vor unserem Haus abluden.

Ganz ruhig, Claudi, ganz ruhig, durchatmen. „Bringen Sie die denn nicht rein?“

„Junge Frau, du nicht lesen Auftrag. Guckst du hier: Lieferung bis Straßenkante. Ja?“

„Können Sie denn bitte die Möbel nicht nach oben bringen?“

„Już nie Zeit. Feierabend.“

„Nicht mal für ein gutes Trinkgeld?“, lockte ich.

Die beiden Fahrer schauten einander an. Der eine zuckte die Schultern, der andere sagte etwas in einer Sprache, die ich nicht verstand. Dann sahen mich beide an und schüttelten den Kopf.

„Fünfzig Euro.“

„Nie! Nein.“

Verdammt, wie viel Geld hatte ich überhaupt im Haus? Ich versuchte es noch einmal: „Hundert Euro. Bitte.“

Wieder unterhielten sie sich in dieser fremden, osteuropäisch klingenden Sprache. „Okay, hundert Euro", sagte der Kleinere von beiden.

Ich rannte die Stufen nach oben und öffnete die Haustür. „Hier entlang", rief ich den Männern zu, die die schweren Pakete schulterten. Panisch schaute ich in meine Handtasche. Hatte ich überhaupt hundert Euro bei mir? Natürlich hatte ich nicht. Was tun? Der Schweiß brach mir aus. Erst mal die Männer das Zeug im Wohnzimmer abladen lassen. Und dann reden.

Es dauerte keine zehn Minuten, dann waren alle Pakete oben. Schnell verdientes Geld. Geld, das ich nicht hatte.

„Hörn Sie, ich habe soeben gesehen, dass ich nicht genug Bargeld bei mir habe, wir fahren schnell zum nächsten Geldautomaten. Wenn Sie hinter mir herfahren, dann kriegen Sie Ihr Geld."

Die beiden schauten einander mit einem Gesichtsausdruck an wie: „Habe ich es dir nicht gesagt?" Aber sie erklärten sich bereit, mir zu folgen.

Ich rief Lina und Finn. Aber weder Lina noch Finn meldeten sich. Auch von Balu keine Spur. Wo waren die Kinder?

Die Männer gingen zurück zu ihrem Lkw, blieben davor stehen und steckten sich Zigaretten an.

Nochmals rief ich nach meinen Kindern. Als wieder keine Resonanz kam, stieg der leise Verdacht in mir auf, dass die Kids, während ich mit den Männern verhandelt hatte, durch die offene Haustür gelaufen waren, hoffentlich nicht auf die Straße!

Mir wurde heiß. Ich rannte aus dem Haus und rief in den Garten: „Lina, Finn!“

Ein Bellen unter der Eibe sagte mir, dass die drei Gott sei Dank im Garten geblieben waren. Ich lief zur Eibe.

„Hey, was macht ihr denn da?“, fragte ich entsetzt.

„Verstecken!“, sagte Finn stolz.

Ich hatte gerade absolut keine Zeit für Diskussionen.

Juli:
Vergiftungserscheinungen

Der Lkw folgte mir zum Hohenzollernplatz, wo ich das „Trinkgeld“ für die beiden Helden der Arbeit zog. Innerlich kochte ich. Ein Anruf bei meinem Mann landete auf seinem Anrufbeantworter ebenso wie ein Anruf in der Kanzlei. Ich hinterließ eine Rückrufbitte.

Eigentlich hatte ich sowieso keine Lust, den Streit vom Morgen fortzusetzen, und so entschied ich mich, mit den Kids zum Vietnamesen in Schlachtensee zu fahren und dort zu Abend zu essen. Die Kinder liebten den Limetten-Eistee und die lustigen Sommerrollen. Da es immer noch hochsommerliche sechsundzwanzig Grad im Schatten hatte, setzten wir uns nach draußen. Immer wieder warf ich einen Blick auf mein Handy, aber Andreas meldete sich nicht. Nach meinem zweiten Ananas-Minz-Shake hatte ich genug, die Kinder wurden quengelig.

Zu Hause steckte ich sie ins Bett und gönnte mir eine kühle Dusche und einen eiskalten Weißwein, mit dem ich mich auf die Terrasse verzog. Andreas hatte sich immer noch nicht gemeldet, obwohl es bereits halb zehn war. Das war ungewöhnlich, normalerweise war er sehr zuverlässig.

Auch Schmollen war in unserer Ehe ein No-Go, bis heute hatten wir unsere Meinungsverschiedenheiten immer zu Ende ausgetragen.

Ich hatte ein flaues Gefühl in der Magengegend. War ihm etwa etwas zugestoßen? Hatte er einen Unfall gehabt, vielleicht, weil er so sauer war, dass er unachtsam gewesen ist? Um meine Nervosität einzudämmen, holte ich mir das Nagelnecessaire und bearbeitete meine Nägel. Nichts beruhigt mich mehr als das Feilen und Lackieren von Nägeln. Ich hatte gerade die unterste Schicht Nagellack auf meine Fußnägel aufgetragen, als ein hochgezogenes „Maaammmi" durch die offene Terrassentür schallte. So schnell ich mit meinen quietschrosafarbenen Zehenabstandshaltern laufen konnte, humpelte ich ins Kinderzimmer.

Finn kam mir laut „Iiiihhh" schreiend entgegen. Meine Kleine kauerte schluchzend im Bett, mitten in Erbrochenem. Mit einem Schwall landeten der Rest der Sommerrollen und der Eistee vom Abend auf dem Bettvorleger.

„Ach, mein Schätzchen", sagte ich und nahm meine Tochter in den Arm. „Komm, noch mal, das muss alles raus!" Ich streichelte ihr den Nacken. Das Kind würgte und japste nach Luft.

Und da fiel es mir ein. Was hatte dieser Irre geschrieben? „Erbrechen, Schwindel, beschleunigter Puls, erweiterte Pupillen, Kreislaufzusammenbruch." Lina schaute mich mit angstgeweiteten Augen an, ich fühlte ihren Puls, er raste.

„Komm, meine Kleine, wir machen dich erst mal sauber", sagte ich und zog meine Tochter auf die Füße. Es half nichts, ich musste sofort mit dem Mädchen ins Krankenhaus, die Vergiftungssymptome waren eindeutig.

„Finn, zieh dich an! Wir fahren mal schnell ins Krankenhaus“, rief ich meinem Sohn zu, der auf der Terrasse Frischluft tanken war. Ich trug meine Tochter ins Badezimmer, zog ihr den Schlafanzug aus und stellte sie unter die Dusche, wo sie sich erneut erbrach. „Ja, fein, Liebes, alles muss raus“, lobte ich Lina und hielt ihr den Kopf. Ich riss mir die albernen, quietschrosa Zehenabstandshalter von den Füßen und rubbelte Lina trocken. Schnell zog ich ihr ein T-Shirt und eine Leggings über, raffte meinen Sohn und meine Tasche und rannte mit Lina auf dem Arm zu meinem Auto, das ich direkt vor der Haustür geparkt hatte.

In dem Moment sah ich den Range von Andreas einparken. Er hatte mich ebenfalls entdeckt. Ich setzte Lina in den Kindersitz und schnallte sie an, während ich darauf wartete, dass mein Mann endlich ausstieg. Er schlenderte gemächlich auf mich zu.

„Nimm Finn mit, ich fahre mit Lina ins Krankenhaus, sie ist vergiftet worden!“, sagte ich noch mit halbwegs ruhiger Stimme, obwohl die Panik in mir hochkochte.

Andreas schien nur Bahnhof zu verstehen. „Nimm Finn“, wiederholte ich und lief auf die Fahrerseite, stieg ein und startete den Wagen.

„Soll ich mitkommen?“, fragte er.

„Nein, sauber machen!“, rief ich.

Mein Sohn würde ihn schon aufklären. Ich setzte mit Schwung zurück und rammte den BMW meines Nachbarn. Na ja, ich küsste ihn eher.

„Pass doch auf!“, rief Andreas von draußen.

Mit Vollgas fuhr ich quer durch Zehlendorf zum Behring-Krankenhaus. Als Finn sich zwei Jahre zuvor den Arm gebrochen hatte, hatten wir gelernt, dass die nächste Kinderrettungsstelle im Helios Klinikum Emil von Behring war.

Gott sei Dank war es zu dieser Abendstunde ziemlich leer auf den Straßen, die Zehlendorfer schienen um neun Uhr die Bürgersteige hochzuklappen. Was auch gut so war, denn ich überschritt das Tempolimit sicher um mindestens zwanzig Stundenkilometer. Knapp zehn Minuten später fuhr ich mit Karacho auf einen der Behindertenparkplätze direkt vor der Notaufnahme.

Ich zog den Schlüssel ab und hob Lina aus dem Wagen. Mit meiner Tochter auf dem Arm lief ich in die Notaufnahme, vorbei an einer Schlange von Wartenden und rief der Frau am Empfang zu: „Meine Tochter ist vergiftet worden, wir brauchen sofort einen Arzt.“

Die Frau hinter dem Empfangstresen war gerade dabei, einen anderen Patienten anzumelden. Sie warf mir einen genervten Blick zu.

„Hören Sie nicht, meine Tochter wurde vergiftet!“, schrie ich und drängelte mich neben den Hilfesuchenden, der vor dem Tresen stand.

„Hey, immer schön der Reihe nach“, sagte der Mann.

„Womit wurde Ihre Tochter denn vergiftet?“, fragte die Frau. „Haben Sie schon den Giftnotruf im Klinikum angerufen?“

„Nein, bitte schnell, so tun Sie doch was.“

„Und Sie wissen nicht, womit Ihre Tochter vergiftet wurde?“, fragte die Frau noch mal.

„Vermutlich mit Eibennadeln.“

„Okay“, murmelte die Frau. „Moment, ich sage der Kinderrettung Bescheid, gehen Sie bitte erst mal in das Kinderwartezimmer, es kommt gleich jemand, der sich um Sie kümmern wird.“

Der Mann, der sich am Tresen abstützte, wurde sauer.

„Werden die Menschen hier nach Alter sortiert?“, fragte er.

„Entschuldigung, nein, selbstverständlich nicht. Ich habe Ihren Namen notiert, Sie können jetzt Platz im Wartezimmer nehmen“, sagte die Frau und gab dem Mann seine Krankenkassenkarte zurück.

Ich hörte nicht mehr, ob sie telefonierte, ich nahm allerdings wahr, dass die Menschen, die offensichtlich schon einige Zeit angestanden hatten, mir böse Blicke zuwarfen. Es war mir egal. Mit der heulenden Lina auf dem Arm lief ich in das Kinderwartezimmer, das bis auf eine Muslima mit einem Baby in einer Tragetasche leer war. Die Frau warf mir einen ängstlichen Blick zu, das Baby röchelte. Wir würden wahrscheinlich warten müssen, bis die Frau mit dem kranken Baby versorgt war, dachte ich, als die Tür aufging und eine Frau in einem weißen Hosenanzug hereinkam.

„Haben Sie Ihre Krankenkassenkarte dabei?“, fragte sie mich. Ich gab ihr das Gewünschte.

„Wird es lange dauern, bitte, das ist ein Notfall.“

„Beruhigen Sie sich, wir sind die Notaufnahme, es wird sich gleich jemand um Ihre Tochter kümmern. Wie heißt du denn?“, fragte sie Lina.

Lina drehte das Gesicht weg, sie gab keine Antwort, sondern schluchzte still vor sich hin.

„Sie heißt Lina und ist fast vier“, sagte ich. Schließlich hatte meine Kleine nächste Woche Geburtstag.

Die Frau gab mir ein Klemmbrett mit einem Fragebogen, den ich ausfüllen sollte. Ich beantwortete die Fragen so gut es ging, der Kuli zitterte in meiner Hand, ich hoffte, dass der Arzt meine Anmerkungen noch lesen konnte.

Die Frau kam nach einer Weile mit meiner Krankenkassenkarte zurück und nahm den Fragebogen entgegen. „Dauert noch einen Moment.“

Es dauerte schier endlos, bis Frau Yilmaz, die Hilfesuchende mit dem Kopftuch, aufgerufen wurde. Sie lächelte mich schüchtern an, nahm die Babytrage und ging.

Lina war auf meinem Arm eingeschlafen. Ihre blonden Haare klebten an meinem Hals, ihre Stirn an meinem Gesicht glühte. Auch im Schlaf schnüffelte Lina, oder rang sie nach Atem?

Endlich öffnete sich die Tür, und eine nette junge Frau führte uns in einen Behandlungsraum.

„Setzen Sie Lina doch auf die Liege.“

„Ich glaube, sie steht kurz vor einem Kreislaufkollaps.“

„Kannst du sitzen?“, fragte die Ärztin meine Tochter. Lina guckte mich an. Dann nickte sie.

Die Ärztin nahm eine Lampe und leuchtete meiner Tochter in die Pupillen.

„Wie geht es dir denn, Lina?“, fragte sie meine Tochter.

„Gut“, sagte Lina. Es klang kläglich.

„Hast du gebrochen?“

Das Mädchen nickte.

„Haben Sie Erbrochenes aufbewahrt, damit wir es im Labor untersuchen können?“, fragte mich die junge Ärztin.

Verdammt, auf den Gedanken war ich gar nicht gekommen, ich hatte Lina so schnell wie möglich gesäubert.

Die Ärztin prüfte Linas Blutdruck. „Gut“, sagte sie, es klang sehr zufrieden. Sie nahm ein Fieberthermometer und steckte es ihr ins Ohr. „Alles im grünen Bereich“, sagte die junge Frau.

„Was heißt, im grünen Bereich? Sie sehen doch, dass sie vergiftet worden ist.“

„Was hast du denn heute gegessen?“, fragte die Ärztin, ohne auf mich zu achten.

„Sommerrollen.“

„Zu Hause?“

„Nö, im Restaurant.“

„Und was hast du getrunken?“

„Eistee.“

„Viel?“

Lina nickte. Die Kinder hatten jeder zwei große Becher Limetten-Eistee auf Crushed Ice zu sich genommen. So schnell, wie die beiden den ersten Becher ausgetuscht hatten, hatte ich gar nicht gucken können. Die Ärztin bat mich, mit auf den Flur zu kommen.

„Wie kommen Sie eigentlich auf die Idee, dass Ihre Tochter eine Taxin-Vergiftung hat?“, fragte sie mich, nachdem sie die Tür zum Behandlungszimmer geschlossen hatte.

„Weil er uns das angekündigt hat. Wir sind bedroht worden.“

„Sie sind bedroht worden? Dass Ihre Tochter vergiftet wird?"

„Ja, also nicht so direkt. Sondern eine Warnung, dass Eibennadeln tödlich sind."

„Haben Sie das der Polizei gemeldet?"

„Ja, natürlich!", sagte ich. „Ich war heute früh auf dem Revier in der Alemannenstraße. Was machen Sie denn jetzt mit meiner Tochter, ist es sehr schlimm, wird sie durchkommen?"

„Ihrer Tochter fehlt gar nichts", sagte die Ärztin.

„Das kann nicht stimmen, die Kleine hat sich die Seele aus dem Leib gekotzt, sie hat erweiterte Pupillen, sie glüht …"

„Ihre Pupillen sind ganz normal, ihre Temperatur ist normal, und ihr Blutdruck ist ein Fall für das Lehrbuch. Also Entwarnung, Ihre Kleine hat sich einfach den Magen verdorben."

„Das glaube ich nicht, können Sie nicht noch einen anderen Arzt hinzuziehen …"

Die Frau schaute mich an, als wäre ich geistesgestört. „Sie können getrost davon ausgehen, dass ich in der Lage bin, den Blutdruck zu messen, so was lernen wir bereits im Pflegepraktikum am ersten Tag. Es gibt keinerlei Anzeichen für eine Vergiftung."

„Aber ich habe doch gesehen, wie ihre Pupillen erweitert waren …"

„Das Beste, was Sie für Ihr Kind tun können, ist, es jetzt schleunigst nach Hause ins Bett zu bringen", sagte die Ärztin. „Auf Wiedersehen", fügte sie an, drehte sich auf dem

Absatz um und verschwand. Selten habe ich mich so hilflos gefühlt. Die war doch noch nicht ganz trocken hinter den Ohren, die hatte doch überhaupt keine Ahnung, gab es denn hier niemand Kompetenten, den man fragen konnte?

Es gab niemanden. Ich ging zurück in den kleinen Behandlungsraum und nahm mein Kind auf den Arm. „Mein Schätzchen, komm, wir gehen."

Nachdem ich Lina im Auto angeschnallt hatte, rief ich Andreas an.

„Wo bist du?"

„Im Behring, ich weiß nicht, was ich jetzt tun soll. Die helfen uns hier nicht in der Kindernotaufnahme."

„Was heißt, die helfen euch nicht? Hat sich niemand um Lina gekümmert?"

„Nein, das heißt doch, so eine Assistenzärztin im ersten Monat. Die sagt, Lina fehlt nichts, sie hätte sich nur den Magen verdorben."

„Na prima, komm nach Hause."

„Ich glaube das nicht! Das kann nicht sein!"

„Was heißt, du glaubst das nicht. Hat die Ärztin Lina nicht untersucht?"

„Doch. Das ist es ja."

„Na, dann ist ja alles gut, komm nach Hause!"

„Ich glaube, ich fahre mit Lina schnell noch ins Klinikum, die haben da so eine Art Giftnotdienst."

„Claudia, du bist ja komplett hysterisch. Wenn die Ärztin sagt, es sei alles okay, dann komm nach Hause. Das sind doch keine Idioten."

„Aber ..."

„Nichts aber. Wenn es Lina schlechter gehen sollte, können wir immer noch die Feuerwehr rufen. Also los jetzt, das Kind muss ins Bett."

„Hast du schon das Bett neu bezogen?", fragte ich.

„Iiihhh, nee, also du weißt doch, dass ich das nicht kann."

„Was kannst du nicht, ein Bett beziehen?"

„Mir wird selbst schlecht bei dem Geruch!"

„Das glaube ich jetzt nicht. Und wo ist Finn?"

„In unserem Bett."

„Hast du wenigstens das Fenster aufgemacht im Kinderzimmer?"

„Äh, nee."

Jetzt wurde ich wütend. Mein mutiger Held wagte sich noch nicht mal ins Kinderzimmer. Verdammt noch mal, musste ich denn hier alles alleine machen? Ich startete den Wagen und fuhr in der gleichen Geschwindigkeit zurück nach Hause, wie ich in die Klinik gekommen war. Lina war inzwischen in ihrem Kindersitz eingeschlafen.

Als ich in die Wohnung kam, lag Andreas bereits im Bett und schlief. Ich bettete meine Kleine im Wohnzimmer auf die Couch und machte im Kinderzimmer sauber.

So, wie es darin roch, konnte ich meinen Kindern nicht zumuten, die Nacht dort zu verbringen. Ich ließ also die Fenster offen und legte mich zu Lina aufs Sofa. Falls ihr Zustand sich verschlechtern sollte, würde ich umgehend die Feuerwehr rufen.

Aber die Kleine schlief ruhig und friedlich in meinem Arm, im Gegensatz zu mir. Ich fragte mich, was das nur für ein Wahnsinn war. Was machte dieses Haus mit uns, was machte es mit mir? War ich wirklich hysterisch? Natürlich war ich hysterisch, welche Mutter wäre nicht ausgeflippt, wenn die Bedrohung plötzlich real erscheint.

Was war nur los mit Andreas? Ich spürte, dass er sich von mir entfernte, aber ich hatte keine Ahnung, wie ich das ändern sollte. War es wirklich erst sieben Monate her, dass wir gemeinsam beim Notar unser Traumhaus erworben hatten? War es wirklich erst drei Monate her, dass wir uns über die richtige Methode des Holz-Abbeizens gestritten hatten? Wir waren doch eine glückliche Familie gewesen, das hatte ich zumindest geglaubt. Und jetzt? Andreas arbeitete bis zum Umfallen, damit wir unsere Rechnungen bezahlen konnten. Man merkte ihm den Druck an, unter dem er stand. Und ich? War ich auch so unleidlich geworden unter dem Stress, den der Umbau mit sich brachte? Nein, an der Renovierung lag es nicht, auch wenn die wahrlich Grund genug wäre, unleidlich zu werden. Es waren diese Briefe, die unsere Beziehung in ihren Grundfesten erschüttert hatten. Es gab plötzlich keine Gewissheiten mehr. Die Gewissheit, dass der Mensch an deiner Seite dich liebt, dich auffängt, wenn es dir schlecht geht, dir hilft, wenn du um Hilfe bittest. Wir waren überfordert, und Andreas entzog sich der Überforderung durch Flucht.

Ein Gedanke durchzuckte mich wie ein Blitz aus heiterem Himmel. Und wenn er fremdging? Die vielen Überstunden, die Mandantentermine, waren die nur vorgeschoben, weil er sich mit einer anderen Frau traf? Hatte die ungute Gemengelage etwa dazu geführt, dass meine

Antennen nicht mehr richtig funktionierten? Mir brach der Schweiß aus. Ich musste wachsamer sein, nahm ich mir vor. Nicht alles unbesehen glauben, was Andreas sagte. Wo war er überhaupt heute Abend gewesen? Wieso hatte er sich nicht gemeldet? Wir mussten reden. Dringend.

Am nächsten Morgen war dazu keine Zeit. Andreas war einsilbig, er sah schrecklich aus, wahrscheinlich hatte er schlecht geschlafen mit seinem Sohn im Arm. Dabei war es ihm vermutlich noch besser gegangen als mir, denn ich hatte bis fünf Uhr morgens kein Auge zu getan. Lina schien es aber wieder gut zu gehen, sie hatte Hunger und sah aus wie immer. Ich schämte mich für meinen Auftritt im Behring Krankenhaus, wie gut, dass mich dort keiner kannte. Ich informierte Andreas darüber, dass ich die Lieferung der Küchenmöbel in das Wohnzimmer mittels Bakschischs ermöglicht hatte. Er nickte stumm. „Außerdem sind wir am Sonntagnachmittag um drei mit den Genskes verabredet", sagte ich.

„Aha", war der Kommentar meines Gatten, bevor er das Haus verließ. Ich musste mich ebenfalls beeilen, um die Handwerker in Empfang zu nehmen. Viel lieber hätte ich allerdings in Andreas' Taschen gewühlt, auch wenn mich dieser Gedanke nicht unbedingt mit Stolz erfüllte.

Am Abend kam Andreas die Fortschritte des Küchenumbaus besichtigen. Lässig an den Tresen gelehnt teilte er mir lapidar mit, dass er am kommenden Sonntag nicht mit zu den Genskes käme, da er die Möglichkeit habe, das Ferienhaus eines Kollegen an der Ostsee für eine Woche kostenlos zu bekommen, da es überraschend frei geworden wäre. Er würde jetzt die Kinder nehmen und dort mit ihnen in ihrer letzten Ferienwoche Urlaub machen.

„Wir brauchen mal Abstand, Claudia", sagte er.

„Wieso", fragte ich, „gibt es nicht schon genug Abstand zwischen uns?" Er hatte mich nicht mal gefragt, ob ich mitkommen wolle. Das wäre auch nicht gegangen, denn einer von uns musste sich ja um die Handwerker kümmern.

„Du bist nicht mehr du selbst, Claudia, ich erkenne meine eigene Frau nicht mehr. Sieh zu, dass du runterkommst, deine Hysterie ist unerträglich."

Was sollte ich darauf sagen? Vielleicht: *Warum kümmerst du dich nicht um das Haus, und ich fahre mit den Kids eine Woche ans Meer?* Ich sagte nichts, weil ich wusste, dass ich das, was ich sagen wollte, nie mehr würde zurücknehmen können. Dass es den Riss zwischen uns nur vertiefen würde. Dass alles, was ich jetzt sagen könnte, unter Hysterie abgebucht werden würde. An eine Aussprache war unter diesen Vorzeichen nicht zu denken.

Juli:
Kleine Zwischeneiszeit

Zu Hause war so etwas wie eine kleine Zwischeneiszeit eingetreten. Wir sprachen nur noch das Nötigste. Am Morgen hatte ich es eilig. Die „Gas Wasser Scheiße"-Menschen, wie Andreas die Sanitärfirma nannte, hatten sich an diesem Tag angekündigt, um die neuen Geräte, die seit Tagen im Flur rumstanden, anzuschließen. Schlecht, wenn die Arbeitsplatte „bumm" gemacht hatte und eine neue noch nicht geliefert worden war. Immerhin hatten sie einen neuen Brenner im Keller installiert und die Leitungen dafür schon vor Wochen verlegt, bevor die Fliesenleger meine neue Küche gefliest hatten.

Die „Gas Wasser Scheiße"-Menschen warteten schon vor der Haustür. Der Anschluss der Geräte musste noch eine Weile warten. „Sie können in der Zwischenzeit den alten Gasherd in der Küche abklemmen, ich koche da nicht mehr", sagte ich.

Gegen Mittag sah ich zufällig durch das Wohnzimmerfenster, wie der Postbote einen Brief einwarf. Ich erkannte den weißen Standardumschlag mit der krakeligen Kinderschrift von weitem. Panisch rannte ich nach draußen und öffnete den Briefkasten. Mit zitternden Händen öffnete ich den Umschlag.

Juli:
Post

An die ekelhaften Besitzer meines Hauses Nummer 13, Claudia und Andreas Wöhrmann!

Ich habe Sie gewarnt. Was tun Sie meinem Haus an, Sie verstümmeln es geradezu. Sie sind widerlich! Gehen Sie, hauen Sie ab, so schnell Sie können. Bringen Sie sich in Sicherheit, solange es noch geht. Wehe, Sie ziehen hier ein. Das Haus wird Ihnen nicht verzeihen. Und denken Sie daran, mein Arm reicht weit über das Haus hinaus. Ich habe überall meine Helfer. Es kann so einiges geschehen: ein Verkehrsunfall oder ein Feuer. Oder nur etwas ganz Undramatisches wie eine chronische Krankheit, eine, die Sie Tag für Tag daran erinnert, was Sie dem Haus angetan haben. Auch der Tod eines geliebten Haustiers wäre denkbar. Oder das plötzliche und unerwartete Ableben eines lieben Angehörigen. Ach, es gibt so viel, was passieren kann: Autounfälle, Flugzeugabstürze, Fahrradunfälle …
Das Haus verachtet Sie!
Der Beschützer

„Bitte, fahrt nicht!“, bettelte ich am Abend meinen Mann an. „Ich habe Angst, dass ihr einen Unfall habt, du siehst doch, was er uns androht.“

„Krieg dich wieder ein, das, was er hier androht, ist etwas, was jedem irgendwann passiert, ein Unfall, eine Krankheit, der Tod eines Angehörigen oder eines Haustiers. Vergiss es!“

Den nächsten Tag verbrachte ich damit, alle möglichen Katastrophen im Internet zu recherchieren. Ich rief unsere Versicherungsberater an und fragte, ob wir im Fall eines Feuers auch abgesichert wären. Er konnte mich diesbezüglich beruhigen, ansonsten war ich alles andere als beruhigt.

Und so packte ich am Freitagabend zähneknirschend die Koffer für meine Kinder. Sie sollten auf keinen Fall mitbekommen, dass etwas mit Mama und Papa nicht stimmte. Natürlich freute ich mich für sie, dass sie eine Woche mit ihrem Vater Ferien am Meer machen konnten.

Juli:
Freier Samstag

Am Samstagmorgen setzte ich meine Familie in den Wagen und winkte ihnen so lange hinterher, bis sie aus meinem Gesichtsfeld verschwanden.

„Und du machst auch mal ein Wochenende frei, ganz ohne Handwerker, Kinder und Mann. Wird dir guttun", hatte Andreas gesagt. Wie großzügig.

„Ich werde nicht für Geld und gute Worte freiwillig in dieses Haus am Wochenende gehen. Nein danke! Ich werde dieses Haus nur noch im Beisein von Handwerkern betreten, und die haben Gott sei Dank frei!"

Als der Wagen mit meiner Familie um die Ecke bog, wischte ich mir die Tränen ab. Balu winselte neben mir, er liebte Finn und Lina über alles. Es schien, als habe er begriffen, dass die beiden so schnell nicht wiederkommen würden.

„Komm, Balu, wir machen jetzt einen schönen, ausgedehnten Waldspaziergang. Und danach gehen wir ein Eis essen." Ja, ich würde mir ein gemütliches Wochenende machen, zumindest bis Sonntagnachmittag, denn da waren die Genskes an der Reihe. Ich hatte Andreas versprochen, alles zu protokollieren.

Unser Hund war zu einem Prachtexemplar von Rottweiler herangewachsen. Die Trainingsstunden mit Rebekka zahlten sich langsam aus, Balu war inzwischen einigermaßen sozial kompatibel. Wie nicht anders zu erwarten gewesen war, hatte Andreas nur an zwei Trainingseinheiten teilgenommen. Allerdings hatte er danach nie wieder gefordert, Balu ins Tierheim zu bringen, und der Hund musste weder einen Maulkorb tragen noch in der Villa angeleint werden.

Am Nachmittag ging ich in das Haus meiner Eltern in der Matterhornstraße und wässerte den Garten. Seit Wochen hatte es kaum geregnet, so dass ich täglich gießen musste. Obwohl ich regelmäßig mit meinen Eltern telefonierte, hatte ich ihnen nichts von dem letzten Brief erzählt, genauso wenig wie von unserem Streit. Ich wollte den beiden nicht ihren Urlaub verderben.

Juli:
Freier Sonntag

Am Sonntag schlief ich endlich einmal aus, kein Wecker, der störte, kein Mann und keine Kinder, die Frühstück wollten, und keine Handwerkertermine. Danach machte ich meine Morgenrunde mit Balu rund um die Krumme Lanke. Ich genoss es, wieder zu joggen, was in den letzten Wochen wegen der Handwerker und vor allem wegen der Kinder flachgefallen war. Die sportliche Betätigung hatte mir gefehlt. Es war, als könnte ich dem Stress davonlaufen. Balu war begeistert.

Danach setzten wir uns in die Alte Fischerhütte an den Schlachtensee und nahmen ein sehr spätes Frühstück ein. Da es wieder ein trockener, heißer Tag zu werden versprach, machten wir auf dem Heimweg einen kleinen Umweg zu unserem Haus. Ich wollte wenigstens dem Vorgarten ein wenig Wasser gönnen, im hinteren Teil des Gartens wuchs außer Bäumen und Sträuchern so gut wie nichts. Sobald wir mit der Renovierung fertig waren, würde ich einen Schattengarten anlegen, unter den alten Bäumen hatte selbst robuster Rasen ohne regelmäßige Pflege kaum eine Chance. Der Steingarten im Vorgarten sah besser aus, da er aber total verschattet war, hatte er minimalen Wasserbedarf.

Ich parkte den Wagen direkt vor unserer Gartentür und sagte zu Balu: „Ich gieße nur schnell den Vorgarten. Du kannst drinbleiben.“

Der Hund fand das nicht komisch und beschwerte sich lautstark. Ich hatte allerdings keine Lust mit Schlauch und Hund zu spielen, sondern wollte so schnell wie möglich wieder weg vom Grundstück. Also nahm ich den Schlauch, der an der linken Seite des Hauses neben der Kellertür hing, und bespritzte den Steingarten.

Der Renault schien auf der Straße zu hüpfen, so energisch machte Balu seinem Unmut Luft. Ich beendete mein Werk in Windgeschwindigkeit und sprang die Treppen hinunter zu meinem Wagen in der Hoffnung, dass Balu nicht gerade die gesamte Straße gegen uns aufgebracht hatte.

Nach einer erfrischenden Dusche fuhr ich am frühen Nachmittag nach Dahlem in den Rosengarten. Balu hatte ich vorsichtshalber zu Hause gelassen, ich war mir nicht sicher, ob man Haustiere mit in diese Einrichtung bringen durfte.

Die Genskes empfingen mich in ihrem Wohnzimmer. Sie hatten eine Hülsta-Schrankwand behalten, die die Hälfte des Zimmers ausfüllte. Herr Genske wirkte in seinem breiten Ledersessel wie geschrumpft. Frau Genske umsprang mich wie eine aufgeregte Henne kurz vor der Fütterung. Sie servierte mir einen Kaffee und bot mir ein Stück Erdbeerkuchen an. Vermutlich bekamen sie hier nicht oft Besuch.

Ich berichtete ihnen von den weiteren Briefen, die der selbsternannte Beschützer uns geschrieben hatte. Andreas hatte mich zwar gewarnt, dass ich zum Inhalt der Briefe nichts sagen solle, aber ich sah keine Notwendigkeit, damit hinter dem Berg zu halten.

„Es kann eigentlich nur ein Nachbar sein, der uns derart belästigt."

„Das kann ich mir nicht vorstellen", sagte Frau Genske.

„Es muss ein Nachbar sein, denn der sogenannte Beschützer weiß Dinge, die er nur wissen kann, wenn wir belauscht wurden. Und das geht nur von den Nachbargrundstücken aus."

„Haben Sie sich den Nachbarn denn schon einmal vorgestellt?", fragte Frau Genske. Herrn Genske fiel ein Stück Erdbeerkuchen von der Gabel. Er fluchte leise und verrieb die rote Geleeschicht auf seinem blütenweißen Hemd.

„Nein. Wir sind ja noch nicht eingezogen, wir wollten das machen, wenn wir dort richtig wohnen. Aber nachdem diese Briefe kamen, haben wir uns nicht getraut, irgendeinen Kontakt zu den Nachbarn aufzunehmen, geschweige denn einzuziehen."

Frau Genske reichte ihrem Mann eine Serviette, die er brummend weglegte. „Was denn, Sie wohnen immer noch nicht in unserem Haus?"

„Nein, wir trauen uns nicht. Sie haben mir doch von der dementen Frau Siebenschuh und ihrem Sohn mit dem Tourette-Syndrom erzählt."

„Ja, die wohnen in der Straße An der Rehwiese. Ihr Garten grenzt an unser Grundstück schräg rechts", sagte Frau

Genske. Mir entging nicht, dass sie immer noch „unser Grundstück“ sagte.

„Wer wohnt denn daneben?“

„Sie meinen das Grundstück, das von der Alemannenstraße aus an unser Grundstück grenzt?“

„Ja, denn links neben dem Haus von Frau Siebenschuh ist ja kein Haus mehr, die Straße verläuft dort ein wenig schräg.“

„Richtig. Also rechts neben unserem Haus wohnen die Siebenschuhs, ein bisschen plemplem, aber harmlos. Eigentlich müsste die alte Dame längst in einem Heim sein, aber manche sind ja einfach unbelehrbar“, sagte Frau Genske, augenscheinlich stolz auf ihren Entschluss, sich frühzeitig von Grund und Boden zu lösen.

„Und daneben, in der Alemannenstraße, wer wohnt denn da? Das Grundstück ist ja nur durch eine dichte Hecke von unserem Grundstück getrennt.“

„Und vergessen Sie nicht diesen unsäglichen Komposthaufen, den sie direkt an der Ecke haben. Der im Sommer immer so widerlich stinkt.“

„Wer hat diesen Komposthaufen?“, fragte ich.

„Na, die Schumanns! Sie dürften inzwischen sein Lieblingshobby kennengelernt haben“, warf Herr Genske ein. Siehe da, er war doch dem Gespräch gefolgt, ich war mir da nicht so sicher gewesen. War es vielleicht Schumanns Komposthaufen, der diesen durchdringenden Käsegestank abgab?

„Herr Schumann hat eine Häckselmaschine. Und damit häckselt er alles, was nicht niet- und nagelfest ist. Jeden

Tag. Nicht zum Aushalten. Wir haben mit den Schumanns seit mehr als zehn Jahren kein Wort mehr gesprochen."

„Vor allem während der Mittagsruhe. Häcksel, Häcksel, Häcksel. Irgendwann häckselt der seine Frau auch noch klein", warf Herr Genske ein.

Ich überlegte. Das war also das Geräusch, was ich öfter gehört hatte. Und ich hatte immer gedacht, da baut einer um und sägt Bretter. „Wissen Sie mehr über die Schumanns, seit wann wohnen die denn da?"

„Keine Ahnung. Entsinnst du dich noch, ob die schon da waren, als wir eingezogen sind?", fragte Eva-Maria ihren Mann.

„Damals haben die noch nicht gehäckselt, wäre mir aufgefallen", sagte Hans-Jörg Genske.

„Wie alt sind die beiden?"

„Keine Ahnung. Jung", sagte Frau Genske. Das war eine Auskunft, mit der ich nicht viel anfangen konnte, alte Leute bezeichneten so ziemlich jeden unter sechzig als jung.

„Wenn der da jeden Tag häckselt, dann ist er bestimmt Rentner, oder wissen Sie etwas von seinem Beruf?", tastete ich mich weiter vor.

„Weiß ich nicht, mit denen hatten wir keinen Kontakt."

„Nicht mal ein Plausch über die Hecke hinweg? Nicht mal beraten, ob ein Baum gefällt werden kann oder nicht?"

„Nein, die Hecke ist viel zu hoch. Und dieser Komposthaufen stinkt zum Himmel. Ist bestimmt ein Grüner, dieser Schumann."

„Moment, Hans, das stimmt nicht. Entsinnst du dich an den großen Sturm? Das war äh, äh, äh …, na, ist ja auch egal. Also da hat der Sturm eine von unseren alten Kiefern gerissen, die ist zu den Schumanns in den Garten gedonnert."

„Der hat sich angestellt, als ob wir schuld wären, dass die Kiefer seine kostbare Hecke zerstört hat. Ich habe mich ja auch ins Fenster gesetzt und immer gepustet, habe ich zu ihm gesagt. So ein Idiot."

„Die waren jedenfalls nicht sehr freundlich. Wir konnten doch nichts dafür, diese Kiefern sind über hundert Jahre alt, die sind nun mal morsch. Wir hätten nicht regelmäßig die abgestorbenen Äste entfernen lassen, haben sie uns vorgeworfen. Hätten wir jedes Jahr Tausende von Mark ausgeben sollen, nur um abgestorbene Äste zu entfernen? Wofür hat der liebe Gott Novemberstürme erfunden?"

Ich musste unwillkürlich lächeln. Aber mit den Schumanns kamen wir nicht weiter. „Und das Grundstück links neben uns?", fragte ich.

„Sehr feine Menschen. Wirklich. Die Löbels. Das sind Juden, müssen Sie wissen. Aber trotzdem sehr feine Menschen."

Ich musste mich beherrschen, nicht zu fragen, warum sie trotzdem gesagt hatte.

„Die haben das Haus wiederbekommen. Damals, nach dem Krieg. Also die alte Frau Löbel. Die war mit dem kleinen Max auf dem Arm hinten durch die Gärten abgehauen, als vorne schon die Gestapo kam. Irgendwann in den Vierzigerjahren. Waren ja fast alles Juden hier, denen die Häuser gehörten. Aber die meisten waren schon vorher abgehauen, weil sie nicht mehr arbeiten durften.

Die Löbels waren aus was weiß ich für Gründen geblieben. Die hatten am Hausvogteiplatz eine Konfektionsfirma, glaube ich. Den Vater Löbel hat die Gestapo abgeholt, der soll in Auschwitz umgekommen sein. Aber die Mutter Löbel konnte mit dem Kind fliehen, sie hat sich irgendwo bei Freunden hier in der Nähe versteckt. Jedenfalls am Anfang. Ich weiß nicht, wie lange und wo die sich versteckt hatten, auf jeden Fall hat sie den Krieg überlebt und hat nach dem Krieg auch das Haus wiederbekommen. In der Zwischenzeit hatten sich ja Nazis darin eingenistet."

„Wenn sie ein Kind hatte, muss Mutter Löbel damals ziemlich jung gewesen sein", sinnierte ich. „Hatten die Löbels das Haus geerbt?"

„Ja, von den Eltern von ihm. Die beiden alten Leutchen haben sie nach Theresienstadt gebracht. Na ja, das sind alte Geschichten."

Irgendwie hatte ich das Gefühl, auf der richtigen Spur zu sein. „Der kleine Max, lebt der noch?"

„Ja, sag ich doch, Max und Rita Löbel. Die wohnen nebenan."

„Wie alt ist Max?"

Die Genskes sahen einander an. „So alt wie wir?"

„Wissen Sie, was Max in seinem Leben gemacht hat?"

„Der war mal Arzt. Gefäßchirurg, sagte er jedenfalls, aber warum sollten wir ihm das nicht glauben", sagte Hans-Jörg Genske.

„Die Mutter, die alte Frau Löbel, die haben wir noch kennengelernt. Das war ein echter Haudegen", sagte Frau

Genske. „Ist fast hundert geworden, ein paar Tage vorher hat sie sich verabschiedet."

Mir fiel auf, dass in der Gegend wohl mehrere alte Damen ein biblisches Alter erreicht hatten. „Und sie hat bis zum Schluss in der Villa gewohnt?"

„Ja, die Rita, die Frau von Max, hat sich rührend um sie gekümmert. Die alte Frau Löbel, die saß immer vor ihrem Haus und hat stundenlang auf die Straße geguckt. Wir haben geahnt, dass sie bald sterben würde, als sie eines Tages nicht mehr dort gesessen hat", sagte Eva-Maria.

Vielleicht hat sie auf ihren Mann gewartet, dachte ich. Das waren die Geschichten, bei denen ich mich schämte.

„Was waren das eigentlich für Menschen, die vor Ihnen in unserem Haus gewohnt haben?", fragte ich.

„Wir wissen sehr wenig über unsere Vorgänger. Weißt du noch, wie die hießen?", fragte Frau Genske ihren Mann.

„Das steht ja im Grundbuch, ich meine die Namen", sagte ich. „Aber wissen Sie etwas über die Familie, hatten die Kinder, was haben die beruflich gemacht, wieso haben die an Sie verkauft?"

„Es waren die Erben, die verkauft haben", sagte Hans-Jörg. „Die konnten sich mit dem Erbe nicht einigen. Es waren drei Kinder, und niemand hatte genug Geld, die anderen auszuzahlen, also mussten sie das Haus verkaufen."

„Der Klassiker", sagte ich.

„Aber die kommen als Briefschreiber sowieso nicht in Frage, die sind alle in Westdeutschland." Man merkte an der Diktion von Hans-Jörg, dass er ein alter West-Berliner war. Alles, was nicht Berlin war, war „Westdeutschland".

Andreas hatte bereits im Grundbuch nach den Verkäufern gesucht. Die Familie hatte das Haus in den Fünfzigerjahren gekauft. Bis dahin war es im Besitz der Familie Bullerjahn gewesen, die das Haus auch 1905 erbaut hatte. „Über die Familie Bullerjahn wissen Sie nichts?"

„Überhaupt nichts." Frau Genske schüttelte den Kopf.

Ich hatte versucht, etwas über Wikipedia herauszubekommen, aber ich war nicht fündig geworden. Vielleicht würden mir die Löbels von nebenan etwas über die Erbauer unserer Villa erzählen können. Ich nahm mir vor, zu fragen.

„Möchten Sie noch eine Tasse Kaffee?", fragte Frau Genske.

„Nein danke", sagte ich und schob die zierliche KPM-Tasse ein Stück von mir fort. „Ich will Sie auch nicht länger aufhalten."

Schnell fuhr ich zu Hause vorbei und holte Balu ab. Ich wollte noch bei meinen Eltern im Haus nach dem Rechten sehen und auch ihren Garten gründlich gießen. Nachdem ich ihre „mixed borders", wie meine Mutter ihre liebevoll gepflegten Beete, die sie nach irgendwelchen englischen Gartenbüchern angelegt hat, ausreichend gewässert hatte, rief ich meine Eltern in Italien an, um zu hören, wie es ihnen in ihrem Yogakurs erging. Unser Nachbar, Herr Breitschwerdt, hatte mich gebeten, ihnen seinen Gruß auszurichten. Da es bereits sieben Uhr war, schaltete ich die heute-Nachrichten ein. Spontan beschloss ich, im Wirtshaus an der Rehwiese eine Kleinigkeit zu essen und ein Schöppchen Wein zu trinken.

Aus der Kleinigkeit wurde eine überdimensional große Finkenwerder Scholle mit Speckwürfeln, Bratkartoffeln und Gurkensalat, die ich im Schatten einer alten Buche einnahm. Am Nebentisch saßen eine alte Schulfreundin und ihr Mann, so dass aus dem Schöppchen Wein drei wurden.

Es war bereits dunkel, als ich die erste Sirene einer Feuerwehr hörte.

„Bitte nicht schon wieder ein Waldbrand", sagte ich zu meiner Freundin. Es hatte wegen der großen Trockenheit in den vergangenen Wochen mehrmals im Grunewald gebrannt. Bald schrillten die Martinshörner scheinbar von überall her.

„Ich muss", sagte ich zu meiner Freundin und ihrem Mann. „Balu muss noch mal Gassi."

Als wir gemächlich in der Spanischen Allee zur Rehwiese schlenderten, überholte mich bereits ein Feuerwehrwagen, der offensichtlich aus Zehlendorf kam. Als ich in der Straße An der Rehwiese angekommen war, sah ich, wie ein ganzer Löschzug direkt vor unserer Villa stand. Ein Notarztwagen bog mit Martinshorn um die Ecke, und auch das flacher klingende Tatütata von Polizeiwagen mischte sich in die nächtliche Kakophonie.

Vor Schreck blieb ich wie angewurzelt stehen. Sollte es etwa in unserer Villa brennen? Wie, wodurch, es war doch niemand darin? Sofort fiel mir der gemeine Brief ein, mit dem der Beschützer uns ein Unglück angedroht hatte: *Es kann so einiges geschehen: ein Verkehrsunfall oder ein Feuer.*

Ich nahm Balu an die Leine, und wir rannten hoch zur

Ecke Burgunder Straße, die die Polizei bereits abgesperrt hatte. Dicker Qualm hing in der Luft, der in den Augen brannte. Aus unserem Dachstuhl stieg eine Rauchsäule in den nächtlichen Himmel.

„Bitte, das ist mein Haus, ich muss da hin!“, sagte ich zu dem Uniformierten, der neben seinem Wagen stand, der die Burgunder Straße absperrte.

„Ist jemand in dem Haus drin?“, fragte der Mann geistesgegenwärtig.

„Nein!“, sagte ich. „Nein, ich weiß nicht. Meine Familie ist an der Ostsee!“

„Wie ist Ihr Name?“, fragte er mich. Ich nannte ihn ihm.

Der Mann sprach etwas in ein Funkgerät. „Ich habe hier die Besitzerin des Hauses, eine gewisse Frau Wöhrmann.“

Einer der Feuerwehrmänner kam auf mich zu. „Frau Wöhrmann? Ist jemand in dem Haus?“

„Nein, nein, eigentlich nicht.“

„Was heißt eigentlich? Sie müssen doch wissen, ob jemand in Ihrem Haus ist?“

„Das Haus ist noch nicht bewohnt, wir bauen gerade um“, sagte ich. „Meine Familie ist an der Ostsee. Ich, äh, äh …“

Ich drehte mich um und zog mein Handy aus der Handtasche. Warum war ich nicht vorher auf die Idee gekommen, Fotos zu machen von dem Brand? Ich machte eine schnelle Momentaufnahme und sendete das Foto per WhatsApp an meinen Mann. „Hoffe du bist in Usedom alles okay“, diktierte ich die dazugehörige Nachricht.

Sekunden später klingelte mein Telefon.

„Um Gottes willen, was ist das denn? Ist das etwa unser Haus, das brennt?“

„Wo bist du?“, antwortete ich mit einer Gegenfrage.

„In Usedom, wo denn sonst?“, sagte er.

Gott sei Dank! Meine Knie zitterten. Andreas ging es gut.

„Was ist passiert, wieso brennt unser Haus? Warst du heute da drin? Was ist passiert?“

„Ich habe keine Ahnung, was passiert ist, ich war mit Balu Gassi, und da habe ich gesehen …“

In dem Moment explodierte das große Fenster im Wohnzimmer.

„Zurück, zurück!“, schrie der Feuerwehrmann.

„Schnell weg, warten Sie dort unten, hier ist es zu gefährlich“, sagte er noch und schob mich in die Straße An der Rehwiese. Die Polizisten, die mit ihren Wagen die Einsatzstelle gesichert hatten, drängten die Nachbarn, die aus ihren Häusern gelaufen waren, aus der kleinen Anwohnerstraße hinaus.

Wir liefen alle auf die Rehwiese, wo sich Schaulustige und Anwohner aus den umliegenden Straßen versammelt hatten. Starr vor Schreck stand ich ganz vorn und sah zu, wie mein Lebenstraum in Flammen aufging.

Der Hund drückte sich an meine Hosenbeine und gab herzzerreißende Töne von sich. Ich merkte, wie er zitterte. Man spürte die Hitze der Glut bis hierher. Die alte Blutkiefer in unserem Garten hatte bereits Feuer gefangen.

Unkontrolliert liefen mir die Tränen herunter, der Rauch biss in den Augen. Ich weiß nicht, wie lange ich dort gestanden habe, ich war wie paralysiert. Ein Aufschrei ging durch die Menge, als das Dach unter lautem Krachen und Funkenstoben in sich zusammenbrach.

Danach loderten die Flammen in den Nachthimmel, eine dicke Qualmwolke hing über Nikolassee.

Bestimmt sieht man die Rauchsäule schon von der AVUS, dachte ich. Es war, als wären alle Gefühle plötzlich auf null gestellt. Ich fühlte keine Trauer, keine Wut, keine Angst, als ginge mich das alles nichts mehr an.

Ich hörte Gequake aus den Funkgeräten der Polizisten – die zuckenden blauen Blitze, das Prasseln des Löschwassers und das Knistern des Feuers vereinten sich zu einer Symphonie des Schreckens.

In dem Moment krachte die brennende Krone der Blutkiefer in den Vorgarten und fiel gegen den Zaun. Funken stoben auf die Löschfahrzeuge. Ich hörte die Menschen von der Rehwiese her schreien, die Einsatzkräfte schrien sich ebenfalls Befehle zu.

Die Feuerwehrmänner gaben ihr Bestes, um ein Übergreifen des Brandes auf die Nachbargrundstücke zu vermeiden. Offensichtlich war auch in der hinter der Burgunder Straße liegenden Alemannenstraße ein Löschfahrzeug im Einsatz, sie legten um das brennende Haus herum einen Wasserteppich, um ein Übergreifen auf die angrenzenden Grundstücke zu verhindern. Ich sah, dass sie das Feuer im Haus selbst gar nicht löschten.

„Claudia, hallo, bist du noch da?“ Ich hatte vor Schreck vergessen, dass ich mit meinem Mann telefoniert hatte. „Claudia, hörst du mich nicht?“

„Sie müssen zurück hier, zurück!“ Der Polizist verscheuchte

mich. Er hatte wohl die Anweisung bekommen, sein Fahrzeug weiter vorn abzustellen, damit die Funken nicht auch noch den Einsatzwagen entzündeten. Ich sah, wie ein Polizist ein Absperrband an einem Laternenpfahl knüpfte. Rückwärts wich ich zurück.

„Claudia, was hast du gemacht?"

„Ich war essen im Wirtshaus an der Rehwiese, und beim Gassigehen habe ich gesehen, dass es hier brennt", sagte ich.

„Claudia, beantworte keine Fragen ohne Rechtsanwalt, hörst du! Ich komme sofort nach Hause."

August:
JVA Lichtenberg

Ich habe wieder eine ganze Nacht Zeit zum Nachdenken. Wer länger hier ist, hat wenigstens einen Fernseher. Ich habe nichts als die mintfarbenen Wände und die graue Decke.

Die Erinnerung an die Brandnacht nimmt mir die Luft zum Atmen. Es ist, als ob der Qualm unter der Zellentür hervorquillt und mich einnebelt. Ganz deutlich nehme ich diesen fürchterlichen Brandgeruch wahr, der sich in jeder Pore deines Körpers absetzt. Er schien in dieser Nacht auch mein Gehirn vernebelt zu haben. Ich stand stundenlang auf „meiner" Wiese und sah zu, wie mein Traum niederbrannte. Ich konnte nichts tun, nicht helfen, niemand wollte mit mir sprechen. Es war, als ob sich das Haus verselbstständigt hätte.

„Warst du heute im Haus?", hatte Andreas am Telefon gefragt. Nicht: *Geht es dir gut, ist mit dir alles okay*?

Gegen Morgen schien die Feuerwehr den Brand unter Kontrolle zu haben. Als die ersten Fahrzeuge abrückten, traten auch Balu und ich den Rückzug an.

Ich stehe auf und öffne das vergitterte Fenster. Es ist so

heiß hier drinnen, mir läuft der Schweiß herunter. Am Waschbecken spritze ich mir lauwarmes Wasser ins Gesicht und auf die Arme und tupfe es mit dem kratzigen Anstaltshandtuch ab. Morgen wird meine Rechtsanwältin mich besuchen. Ich hoffe, dass sie mir ein paar Sachen mitbringt, ich fühle mich hier sogar körperlich der Justiz ausgeliefert.

Juli:
Matterhornstraße

Balu und ich liefen quer über die Rehwiese in die Matterhornstraße. Inzwischen war bis auf ein paar Gestrandete der Großstadt die Rehwiese leer. Das Laufen tat uns beiden gut, vor allem unseren Lungen. Ich musste mich sortieren, zu stark waren die Eindrücke der letzten Stunden gewesen. Alles, was ich brauchte, war Ruhe. Ruhe und Geborgenheit. Einem Impuls folgend, beschloss ich, den Rest der Nacht bei meinen Eltern zu schlafen. Ich würde mich auf ihr Sofa kuscheln und den beruhigenden Duft meiner Mutter einatmen, die immer ein wenig nach Vanille roch.

Balu kannte sich inzwischen gut aus in dem Haus, er liebte den Garten, in dem es immer etwas für einen jungen Hund zu spielen gab. Ich öffnete die Verandatür, aber schloss sie ganz schnell wieder, als ich merkte, dass auch hier noch der Rauchgeruch in der Luft hing.

Ich roch an meinem T-Shirt, der Rauch hatte sich in meine Klamotten gefressen, ja sogar in meinen Haaren schien sich der ätzende Gestank eingenistet zu haben. Ich warf alle Kleider von mir direkt in Mutters Waschmaschine und stieg unter die Dusche. Da meine Mama immer noch eine mädchenhafte Figur hatte, würde ich morgen früh in ihrem Kleiderschrank leicht etwas zum Anziehen finden.

Eingewickelt in Mutters Bademantel, um den Kopf ein Frotteehandtuch, legte ich mich mit einem Glas Apfelschorle, die ich im Kühlschrank gefunden hatte, auf das breite Sofa im Wohnzimmer. Wie sollte ich meinen Eltern nur beibringen, dass unsere schöne Villa, in die sie so viel Geld und durch unsere Probleme auch Nerven investiert hatten, abgebrannt war?

Nein, ich würde sie nicht anrufen, in ihrem Urlaub aufschrecken. Die beiden hatten sich ihren Urlaub redlich verdient.

Balu kam zum Sofa und legte mit einem tiefen Seufzer den Kopf in meinen Schoß. Der beste Freund, dachte ich, als ich ihm den Kopf streichelte.

Ich versuchte die Augen zu schließen, sie brannten immer noch, obwohl ich bereits Mutters gute Augentropfen benutzt hatte. Wie würde es weitergehen? Was würde passieren?

Konnte ich das wirklich zu Ende denken? Alles in mir weigerte sich, den einzig möglichen logischen Schluss zu ziehen. Nein, nein, nein. Das konnte nicht sein. Oder?

Ich fühlte mich wie auf einem Zehn-Meter-Brett. Man steht dort oben und schaut in die Tiefe, die von oben noch gewaltiger aussieht als von unten. Du kannst dich nirgendwo festhalten, du kannst auch nicht mehr zurückgehen, egal, was du tust, du wirst unweigerlich in die Tiefe gezogen, also kannst du auch springen. Aber dein Magen rebelliert, dir ist schwindelig, du schließt die Augen, hältst die Luft an und springst!

Das kalte Wasser klatschte über mir zusammen. Andreas. Hatte Andreas die Versicherung kassieren wollen, damit wir mit zwei blauen Augen aus dem Projekt Villa Wöhrmann aussteigen konnten?

Natürlich waren wir versichert, wir hatten direkt nach Abschluss des Kaufvertrags eine Gebäudeversicherung abgeschlossen. Nach dem dritten Brief hatte ich unseren Versicherungsvertreter angerufen und gefragt, was bei grober Fahrlässigkeit passieren würde.

„Alles abgedeckt", hatte er mir versichert. Aber das stimmte natürlich nicht, denn der Kaufpreis des Hauses hatte nichts mit dem zu tun, was wir inzwischen investiert hatten und noch investieren mussten. Andreas und ich hatten lange darüber diskutiert. Dann habe ich unseren Versicherungsvertreter angerufen und ihn gebeten, die Schadensdeckungssumme um eine halbe Million aufzustocken. Am nächsten Tag haben wir die Papiere unterschrieben zurückgeschickt. Wir brauchten uns also keine Sorgen zu machen, wir würden keinen finanziellen Schaden haben. Was mit dem Haus werden würde, war im Moment noch unklar, aber allein das Grundstück in dieser Lage war unglaublich wertvoll. Natürlich würde die Versicherung versuchen, sich vor der Zahlung zu drücken, und uns Brandstiftung unterstellen.

Hatte Andreas die Schnauze voll von der Villa gehabt? Hatte er sich jemanden gesucht, der für ihn das Haus abfackelte, während er nachgewiesenermaßen mit seinen Kindern in Usedom weilte? An einem günstigen Tag, direkt nachdem an den Gasleitungen gearbeitet worden war?

Ich hielt den Atem an und tauchte aus dem eiskalten Wasser wieder auf. Nein, ich konnte mir nicht vorstellen, dass mein Mann zu so etwas fähig wäre. Er war Rechtsanwalt und kein Betrüger. Obwohl es durchaus Menschen gab, die meinten, das sei das Gleiche. Und es passte alles so schön.

Mein Puls hatte inzwischen auf hundertzwanzig beschleunigt. Die Angst schnürte mir fast die Kehle zu.

„Schatz, jeder ist in der Lage, ein Verbrechen zu begehen. Es ist alles nur eine Frage der Reizschwelle“, schallte es in meinen Ohren. Das hatte mein Mann vor einigen Jahren zu mir gesagt.

„Was meinst du damit?“, hatte ich ihn gefragt.

„Nun, der eine sticht schon zu, wenn man ihn beleidigt, einen anderen musst du an den Rand des Wahnsinns treiben. Und das Gleiche gilt für finanzielle Motive, der eine betrügt seinen Arbeitgeber um dreißig Euro, der andere betrügt die Steuer um tausend Euro, und der Nächste begeht einen Betrug erst, wenn es sich richtig für ihn lohnt.“

„Willst du damit sagen, dass alle Menschen Betrüger sind?“, hatte ich ihn damals gefragt.

„Wie gesagt, jeder hat seinen Preis.“

„Also ja?“, hatte ich nachgehakt.

„Ich würde für niemanden die Hand ins Feuer legen.“

War Andreas an seiner Reizschwelle angekommen? War es so schlimm gewesen?

Ja, es war schlimm gewesen, aber nicht die Renovierungsmaßnahmen. Sondern der Stress mit dem Beschützer, der Stress mit dem Geld und dadurch der Stress zwischen uns.

Denn da stimmte etwas nicht mehr zwischen uns. Ich hatte deutlich gespürt, dass mein Mann sich von mir entfernt hatte. Das war nicht plötzlich geschehen, in unsere Ehe hatte sich etwas eingeschlichen, was ich nicht benennen konnte. Der Beschützer? Andreas würde wahrscheinlich sagen, meine Hysterie. Oder eine andere Frau? Oder beides oder alles? Ich musste mir selbst eingestehen, dass ich Andreas zutraute, den Brand gelegt zu haben. Nicht er selbst natürlich, Monsieur ließ gewöhnlich arbeiten. War das noch Liebe? Meine Vorstellung von Liebe hatte ganz viel mit hundertprozentigem Vertrauen zu tun. Aber ich vertraute ihm nicht, jedenfalls nicht in dieser Angelegenheit.

Mir war schlecht. Unruhig wälzte ich mich von einer Sofaseite auf die andere. Balu legte mir eine Pfote auf die Hand. Dieser junge Hund hatte mehr Empathie als mein Ehemann.

Mein Handy klingelte. Ich schaute auf das Display. Andreas. Von allen Menschen war er der Letzte, mit dem ich gerade sprechen wollte. Meine Welt war innerhalb der letzten Stunden zusammengebrochen. Ich zog mir die Decke über den Kopf. Warum konnte ich nicht wenigstens weinen? Ich hatte seit Jahren nicht geheult, aber jetzt hätte ich die reinigende Kraft der Tränen als Erleichterung empfunden.

Ich war gerade ein wenig eingenickt, als das Telefon erneut klingelte. Ich schreckte hoch und schaute auf das Display, unbekannte Nummer.

Es war mir egal, ich ließ es klingeln. Kurz danach erhielt ich eine WhatsApp. „Wo bist du? Komm sofort nach

Hause, du darfst dich nicht verstecken! Die Polizei will uns sprechen."

Wieso verstecken? Wie kam mein Mann auf die Idee, dass ich mich versteckte? Und wieso überhaupt wusste er, dass ich nicht bei uns zu Hause war?

„Ich komme sofort nach Hause", hatte er gesagt. War er etwa mitten in der Nacht mit zwei kleinen Kindern nach Berlin gefahren? Wieso, wozu? Es hätte doch gereicht, wenn er morgen früh losgefahren wäre. Wir konnten doch im Moment eh nichts tun.

Das Tageslicht, das durch das Fenster fiel, sagte mir, dass es bereits ‚morgen früh' war. Claudia, dein Mann wollte dir beistehen, wollte dich nicht mit dem Schlamassel alleine lassen, flüsterte mir eine innere Stimme zu. Aus mir selbst nicht erklärlichen Gründen glaubte ich dieser Stimme nicht. Er wollte verhindern, dass ich uns um Kopf und Kragen rede. „Sag nichts ohne Rechtsanwalt!" So weit war es also gekommen. Ich vertraute ihm nicht mehr, aber er vertraute mir ebenso wenig.

Mein Blick fiel auf die Uhr auf dem Kaminsims meiner Eltern. Es war halb zehn Uhr. Ich muss wohl doch ein wenig geschlafen haben. Nachdem ich mich gestreckt hatte, so schrecklich bequem war dieses Sofa nicht für eine ganze Nacht, stand ich auf und ging in die Küche, wo ich mir einen Kaffee braute. Der Hund war mir gefolgt. „Tut mir leid, Kleiner, ich habe nichts zum Frühstück für dich, wir gehen gleich nach Hause", beruhigte ich Balu.

Ich nahm meine Klamotten von gestern Abend aus der Waschmaschine und hängte sie auf die Wäschespinne im

Garten. Danach bediente ich mich in Mutters Kleiderschrank.

So also musste sich Heinrich der Vierte beim Gang nach Canossa gefühlt haben: Bei jedem Schritt, den ich tat, wäre ich am liebsten zwei Schritte zurück gegangen. Ich wollte nicht nach Hause, ich hatte Angst vor dem Tag, vor der Begegnung mit meinem Mann, vor der Polizei. Aber es half nichts, ich musste. Deshalb machte ich einen Umweg über die Rehwiese und ging an unserer Villa vorbei, ich musste wissen, wie es jetzt dort aussah. Sie war bis auf die Grundmauern abgebrannt. Das Grundstück selbst war abgesperrt. Ich sah zwei Menschen um das Haus herumlaufen.

„Hey", rief ich, „können Sie mir sagen, wann ich da wieder reindarf?"

„Und wer sind Sie?", fragte der Mann.

„Claudia Wöhrmann, ich bin die Besitzerin des Hauses."

„Ach, Frau Wöhrmann, ich bin Rüdiger Venske, Kriminalpolizei, VB1. Können wir uns kurz unterhalten?"

„Kriminalpolizei? Wieso?"

„Sie brauchen sich keine Sorgen zu machen, das ist üblich, wir müssen die Brandstelle begutachten. Wir sind vom Dauerdienst der Kriminalpolizei und haben nur ein paar Routinefragen. Das ist meine Kollegin Frau Bernhard."

Ich überlegte. Andreas hatte mich gewarnt. Aber ich hatte nichts zu verbergen.

„Kein Problem", sagte ich. Balu zerrte an der Leine, er winselte und jaulte. Es stank erbärmlich nach Ruß und kaltem Rauch, und darüber hinaus lag ein durchdringender chemischer Geruch in der Luft. Rüdiger Venske ließ den Hund und mich durch die abgesperrte Gartenpforte eintreten. Der Hund knurrte, es hörte sich gefährlich an. „Aus, Balu, aus!"

„Haben Sie einen Ausweis dabei?"

Ich zückte meine Brieftasche.

Danach wollten sie wissen, wann ich das letzte Mal im Haus gewesen war.

„Freitagabend", antwortete ich wahrheitsgemäß.

„Wann haben Sie das Haus verlassen?", fragte Frau Bernhard.

„So kurz nach achtzehn Uhr. Nachdem die Küchenbauer und die Sanitärfirma abgerückt waren."

„Es wird also umgebaut. Sie wohnen nicht in dem Haus?", fragte Herr Venske. „Wieso nicht?"

„Solange wir umbauen, ist es bequemer in unserer alten Wohnung. Und natürlich wegen dem Beschützer?"

„Der Beschützer?" Frau Bernhard zog eine Augenbraue hoch.

Ich erklärte es ihr und sah, wie die beiden Kommissare einen bedeutsamen Blick tauschten.

„Wenn Sie mir nicht glauben, müssen Sie mit zu mir nach Hause kommen, da sind die Briefe", sagte ich. „Ich habe das bereits auf dem Revier hier angezeigt."

„Später", sagte Herr Venske. „Was für Arbeiten wurden denn am Freitag ausgeführt?"

„Ich habe die Küche von der ehemaligen Küche in das kleine Zimmer neben dem Wohnzimmer verlegen lassen. Die Küchenbauer bauen seit zwei Tagen eine neue Küche ein, es fehlt allerdings noch die Arbeitsplatte, die ist beim Transport beschädigt worden. Deshalb konnte die Sanitärfirma auch noch nicht den Gasherd und das Wasser anschließen. Dafür haben sie die Gasleitung in der alten Küche stillgelegt."

„Die Gasleitung wurde neu gelegt?"

„Ja, aber schon vor Wochen, wir haben auch einen neuen Brenner im Keller einbauen lassen, bevor die Küche neu gefliest worden ist. Man muss das ja alles hintereinander machen, sonst müssen die alles wieder aufreißen." Ich merkte, dass ich überflüssiges Zeug von mir gab.

„Die Gasleitung wurde von dem alten Anschluss im Haus quer durch das Haus neu verlegt, oder wie müssen wir uns das vorstellen?"

„Nein, nicht quer durch das Haus, wir haben eine Gasheizung, und der Brenner ist im Keller fast direkt unter dem Wohnzimmer, so dass wir in der Zuleitung nur durch die Decke zu gehen brauchten."

„Was sollte in diese ehemalige Küche eingebaut werden?"

„Wir wollten dort so etwas wie einen Hauswirtschaftsraum einrichten. Für Waschmaschine, Trockner, Bügelmaschine, Gefrierkombination und all den Kram, der immer im Wege steht."

„Die alten Geräte waren noch angeschlossen?"

„Ja, ich musste uns ja ab und an mal was zu Essen kochen", sagte ich. „Der Herd und die Spüle sollten in den nächsten Tagen entsorgt werden, die alte Gefrierkombination wollten wir als Reserve für Getränke und als Tiefkühlung behalten."

„Wir benötigen den Namen der Firmen, die in Ihrem Haus tätig waren. Alle Firmen im Laufe des Umbaus, bitte."

„Darf ich Ihnen die mailen?"

„Na klar", sagte Frau Bernhard und gab mir eine Visitenkarte. „Sie haben eine Alarmanlage?"

„Ja, die haben wir nach dem ersten Brief einbauen lassen, aber nur im Erdgeschoss. Im Obergeschoss haben wir Sicherungen an den Fenstern anbringen lassen, und wir haben die Kellerfenster vergittern lassen."

„Alle Kellerfenster?"

„Selbstverständlich, was hätten Sie denn gemacht nach diesen Briefen?"

„Und die Gitter von den Kellerfenstern sind von innen nicht zu öffnen?"

„Das wäre wenig sinnvoll gewesen, wir haben zwei kleine Kinder, keine Ahnung, was die sich noch so alles einfallen lassen."

Frau Bernhard lächelte. Sie hatte wohl eigene Erfahrungen mit Nachwuchs und ihren Einfällen gemacht.

„Es war also das ganze Wochenende niemand im Haus?", fragte Herr Venske.

„Richtig. Meine Familie ist an der Ostsee, und ich war froh, mal ein Wochenende meine Ruhe zu haben."

In dem Moment klingelte mein Handy. Andreas. „Wo bleibst du, wir müssen reden!"

„Ich bin gerade bei unserem Haus. Hier ist die Polizei, die haben ein paar Fragen an mich."

„Keine Fragen ohne Anwalt beantworten. Die sollen

zu uns kommen, Anne ist unterwegs." Ich überlegte, wer Anne sein könnte.

„Entschuldigung, mein Mann."

„Was hat er gesagt?"

„Dass ich keine Fragen ohne Rechtsanwalt beantworten soll", sagte ich und fügte entschuldigend hinzu: „Mein Mann ist Anwalt, Sie wissen doch, wie die sind."

Rüdiger Venske und Frau Bernhard tauschten wieder einen Blick.

„Können Sie uns wenigstens einen Plan von dem Haus aufzeichnen?"

Ich nickte. Frau Bernhard gab mir Papier und Kuli, und ich malte die vier Etagen auf. Ich begann mit dem Erdgeschoss, dann kam das Obergeschoss.

„Könnten Sie die einzelnen Zimmer bezeichnen? Wo ist die alte Küche, wo die neue, wo sind die Gasanschlüsse, wissen Sie, wie die Elektrik verlegt ist?"

Ich malte alles auf, so gut ich konnte.

„Eine letzte Frage noch", sagte Herr Venske. „Sie haben die Alarmanlage angeschaltet, als Sie am Freitag das Haus verlassen haben?"

„Ja."

„Ganz sicher, dass Sie das nicht vergessen haben?"

„Wir werden belästigt, schon vergessen? Ich habe Panik in dem Haus, wenn ich alleine bin. Sie dürfen mir ruhig glauben, dass ich die Alarmanlage scharfgemacht habe, bevor ich gegangen bin."

„Haben Sie eine Feuerversicherung?", fragte Rainer Venske.

„Natürlich. Wir haben sofort nach Erwerb des Hauses eine Wohngebäude-Versicherung abgeschlossen." Ich fühlte mich mit einem Mal unendlich müde. „Darf ich jetzt gehen?", fragte ich.

„Natürlich", sagte Herr Venske. „Aber halten Sie sich zu unserer Verfügung."

„Sie haben meine Adresse und meine Telefonnummer. Reicht das?"

„Selbstverständlich", sagte Frau Bernhard. „Vielen Dank."

Ich hatte Balu die ganze Zeit an die ganz kurze Leine genommen. Der Hund sah genauso verzweifelt aus, wie ich mich fühlte. Jetzt wollte er unter keinen Umständen „sein Haus" verlassen. „Komm, Balu, wir gehen nach Hause, zu Lina und Finn", sagte ich, um ihn wegzulocken.

Als ich die Wohnung aufschloss, kamen mir meine Kinder entgegengerannt. Meine Süßen! Balu jaulte auf vor Freude, sprang an Finn hoch und leckte ihm zur Begrüßung das Gesicht.

„Mama, wo warst du?", fragte Lina, während sie mit ihren kleinen Ärmchen Balu von hinten umarmte. Sie war im Schlafanzug und sah noch ganz verschlafen aus.

„Ich habe bei Omi und Opi geschlafen", sagte ich und nahm meine Kleine auf den Arm, während ich Finn ganz dicht an mich drückte. Balu sprang freudig bellend um uns herum. „Aus, Balu!", sagte ich.

„Die sind doch in Italien", sagte Finn. Wie erklärt man einem Kind, dass es Momente im Leben gibt, in denen man am liebsten wieder zurück in den Mutterbauch kriechen würde? „Es war so spät gestern Abend, und ihr wart nicht da, da war ich zu faul, nach Hause zu gehen", sagte ich und schaute hoch.

Andreas stand im Türrahmen. Seine Augen waren dunkel umschattet, und sein unrasiertes Kinn gab ihm ein verwegenes Aussehen.

Normalerweise hätte ich mich in seine Arme gestürzt.

Normalerweise hätte er mich in seine Arme geschlossen.

Normalerweise war gestern, heute gab es kein Normal mehr. Er stand dort wie angewurzelt und schaute mich nur an. Ich versenkte das Gesicht in Linas blonden Haaren und sog tief ihren beruhigenden Kindergeruch ein.

„Wieso bist du nicht nach Hause gekommen, weißt du eigentlich, wie das aussieht? Ich hatte doch gesagt, wir kommen sofort, was sollte das, die Polizei hat schon angerufen und will mit uns reden, und du lässt mich hier alleine stehen und machst mich zum Deppen?"

Ich setzte meine Tochter sanft auf die Erde. „Ich hab eben mit denen gesprochen", sagte ich und strich Finn beruhigend über den Kopf. „Finn, Balu hat ganz bestimmt furchtbaren Hunger, machst du ihm einen Napf?", bat ich meinen Jungen. „Lina, und du gibst Balu frisches Wasser, okay?"

Lina und Finn zogen den aufgeregt herumtänzelnden Hund in die Küche. Er kriegte sich gar nicht mehr ein vor Freude, die Kinder wiederzusehen. Genau das hatte ich gewollt, wir haben uns nie vor den Kindern gestritten, und ich hatte nicht vor, heute damit anzufangen.

„Wir müssen reden, aber nicht vor den Kindern", sagte ich, als die beiden mit dem Hund in der Küche verschwunden waren.

„Was denkst du dir eigentlich? Ist dir nicht klar, dass wir bei Brandstiftung nie und nimmer die Versicherung kassieren können? Und du kannst sicher sein, die Brandermittler sind ausgefuchste Hunde. Ich fasse es einfach nicht, dass du trotzdem mit der Polizei gesprochen hast. Wir müssen uns dringend absprechen, was du sagen darfst und was nicht. Anne ist auf dem Weg zu uns."

„Wer ist Anne?"

„Deine Rechtsanwältin", sagte Andreas.

„Wozu brauche ich eine Rechtsanwältin?", fragte ich. „Ich bin mit einem Anwalt verheiratet."

„Eben. Weil ich mit dir verheiratet bin, werden sie mich ebenfalls unter die Lupe nehmen. Aber da ich nachweislich in Usedom war, wird das vor allem an dir hängen bleiben. Brandstiftung ist ein Straftatbestand. Wie du weißt, bin ich auf Vertragsrecht spezialisiert, nicht auf Strafrecht."

Fassungslos schaute ich meinen Mann an. Hatte ich mich eben verhört, hörte ich nur noch das, was ich hören wollte?

„Moment mal, du glaubst also, ich hätte diesen Brand gelegt?"

Andreas schaute aus dem Fenster.

„Hey, wach auf, glaubst du, ich hätte das getan? Das traust du mir zu? Im Ernst?" In dem Moment, in dem ich das ausgesprochen hatte, war mir klar geworden, dass er mir genau das Gleiche zutraute wie ich ihm.

„Es ist egal, was ich denke. Ich weiß, wie Versicherungen denken."

Ich ging in unser Schlafzimmer und legte mich aufs Bett. Wenn er mir jetzt in das Schlafzimmer folgen würde, die Tür hinter sich schließen und sich auf mein Bett setzen würde, dann könnten wir vielleicht vernünftig miteinander reden. So in der Art wie: Sag mal, was ist nur aus uns beiden geworden? Was hat dieses Haus mit uns gemacht? Wir haben doch sonst immer zusammengehalten. Und jetzt glaubt jeder vom anderen, dass er das Haus angezündet hat.

Aber Andreas kam nicht. Er ging ins Bad und schloss die Tür hinter sich ab. Ich wartete. Und je länger ich warten musste, desto wütender wurde ich.

In dem Moment klingelte es. Ich stand auf und betätigte die Gegensprechanlage.

„Anne Gehlhaar, Ihre Rechtsanwältin."

Ich drückte auf den Öffner.

„Genau sein Typ", dachte ich, als ich die Tür öffnete. Vor mir stand eine Frau, die so aussah, wie ich aussehen würde, wenn ich eine erfolgreiche City-Anwältin wäre. Sie war schlank, dezent geschminkt, ihr halblanger Bob schien gerade frisch geschnitten, und ihre langen Beine steckten in spitzen Manolo-Blahnik-Tretern. Sie reichte mir die Hand, French Manicure, alles an der Frau strahlte ein selbstbewusstes Understatement aus.

„Sie sind Claudia", sagte sie und lächelte.

„Und Sie sind Anne", gab ich zurück und ließ sie eintreten.

Andreas kam in den Flur. „Gut, dass du da bist", sagte er ohne weitere Begrüßung. „Claudia hat bereits mit der Polizei geredet."

Es hörte sich an wie: Die Katastrophe ist schon eingetreten. Ich fühlte mich von ihm verraten.

„Darf ich Ihnen einen Kaffee anbieten?"

„Ehrlich gesagt, bei der Hitze wäre mir ein Wasser lieber", sagte sie.

„Okay", sagte ich und besorgte Wasser für alle. Währenddessen hörte ich Andreas und Anne hektisch flüstern. Das gefiel mir nicht.

„Was haben Sie der Polizei erzählt?", fragte Anne, als ich wieder im Wohnzimmer war.

„Moment, Moment, nicht so schnell. Ich würde gern wissen, was hier läuft!" In meinen Magen grummelte etwas. Wurde ich hier eigentlich überhaupt nicht mehr gefragt?

Anne sah mich verständnislos an. „Was heißt, was hier läuft?"

„Andreas, du kommst nach Hause, wir haben noch keine zwei Worte miteinander geredet, und plötzlich sitzt eine wildfremde Person hier und will wissen, was ich der Polizei erzählt habe. Ich möchte wissen, wieso. Wer hat Anne beauftragt? Ich jedenfalls nicht."

Anne und Andreas wechselten einen Blick. „Ich dachte, das wäre jetzt klar", sagte Andreas. „Ich habe dir erklärt, dass du sehr vorsichtig sein musst mit dem, was du sagst, damit man uns beziehungsweise dir nicht Brandstiftung unterstellt. In dem Fall wird die Versicherung nicht zahlen, und das dürfte wohl kaum in deinem Interesse liegen. Sei doch froh, dass ich mich sofort um jemanden gekümmert habe, der dir beisteht."

„Um hier mal eins klarzustellen: Ich habe nichts getan, und ich habe auch keine Ahnung, was mir die Polizei nachweisen soll. Ich war das ganze Wochenende nicht im Haus."

„Gibt es dafür Zeugen?“, fragte Anne.

Ich musterte die Anwältin. Die Frau war mir durchaus sympathisch, sie sah aus wie jemand, dem man in der Not vertrauen konnte. Alles an ihr strahlte Kompetenz aus. Aber ich hatte nicht vor, mich entmündigen zu lassen.

„Wenn ich einen Rechtsbeistand benötige, werde ich gern deinen Empfehlungen folgen. Allerdings habe ich von Frau Gehlhaar bis heute noch nichts gehört. Sie sind spezialisiert auf Strafrecht, oder habe ich das falsch verstanden?“ Ich versuchte, eine Art Restwürde zu wahren.

Anne Gehlhaar legte in einer beruhigenden Geste die Hand auf den Arm von Andreas, der kurz davor stand, einen Wutanfall zu bekommen. „Das ist schon okay, Andreas, deine Frau muss entscheiden, ob ich sie vertreten soll. Andreas und ich arbeiten in derselben Kanzlei, im Gegensatz zu ihm bin ich auf Strafrecht spezialisiert.“

„Anne hat schon so manchen Schwerverbrecher rausgehauen“, sagte Andreas.

„Wieso habe ich noch nie etwas von Ihnen gehört? Ich kenne doch sonst alle Kollegen mit Namen, von Ihnen hat Andreas noch nie gesprochen.“

„Ich bin noch relativ neu in der Kanzlei, ich habe viele Jahre in Heidelberg praktiziert und bin erst nach meiner Scheidung im letzten Jahr wieder zurück nach Berlin gekommen.“

„Falls du dich erinnern kannst, hatten wir in den letzten Monaten kein anderes Thema als dieses vermaledeite Haus“, sagte Andreas. Es klang bitter. Aber er hatte recht.

Ich nickte. „Und ihr meint, dass die versuchen werden, uns Brandstiftung zu unterstellen?“

„Du kennst doch Versicherungen!", sagte Andreas. „Die drücken sich erst mal vor jeder Schadensregulierung. Also darauf würde ich Haus und Hof verwetten."

„Ich frage mich, wie dieser Brand entstehen konnte? So ein Brand entsteht doch nicht von allein!"

„Eben", sagte Andreas. „Bist du sicher, dass du am Wochenende nicht im Haus warst?"

„Natürlich bin ich sicher. Und wenn es der Beschützer war?"

„Wie soll der das angestellt haben? Es kommt doch niemand ins Haus, die Alarmanlage wäre losgegangen. Oder hast du vergessen, die anzustellen?"

„Machst du Witze? Du weißt, wie hysterisch ich bin in Bezug auf die Sicherheit im Haus."

Andreas nickte. „Das kann man wohl sagen. Ich nehme an, unsere Überwachungskameras sind geschmolzen."

„Das Haus ist eine Ruine", sagte ich. „Außerdem, hast du je einen Eindringling auf deinem Handy gesehen?" Was ich nicht sagte, war, dass ich nicht glaubte, dass er die Billigkameras jemals richtig programmiert hatte.

„Was ist denn mit den Firmen, die am Umbau beteiligt sind? Könnte es sein, dass jemand da gepfuscht hat?", fragte Anne.

„Selbst wenn da jemand gepfuscht hat, sagen wir mal, es wäre Gas ausgetreten, dann braucht es immer noch eine Feuerquelle, um es zu entzünden. Wie hat sich ein Feuer entzündet, ohne dass jemand im Haus gewesen ist?" Andreas sah das ganz nüchtern.

„Könnte sein, dass jemand geklingelt hat?", schlug Anne

vor. „Vielleicht finden wir da Möglichkeiten, defekte Elektrik, Sonne, die auf Glas fällt, das wie ein Brennglas wirkt und etwas entzündet …" Die Frau hatte Phantasie.

„Wir sind ja auch gegen grobe Fahrlässigkeit versichert", sagte ich.

„Das ist auf jeden Fall beruhigend. Aber Andreas hat recht, die Versicherungen suchen so lange, bis sie etwas gefunden haben, was die Schadensregulierung überflüssig macht."

„Was ist denn mit dem Beschützer?", fragte ich. Ich begriff, dass Andreas seiner Kollegin von unserem Stalker berichtet hatte, denn sie fragte nicht erstaunt nach.

„Ich schlage vor, dass Sie sich überlegen, ob Sie mich beauftragen wollen. Und wenn Sie zu dem Entschluss gekommen sind, dass Sie mich brauchen, benötige ich von Ihnen eine Vertretungsvollmacht." Anne wollte das Gespräch offensichtlich abkürzen.

Sie war einfach zu früh gekommen, ich hätte das gern vorab mit Andreas ausdiskutiert. Allerdings wollte ich ihn jetzt auch nicht als Idiot vor seiner Kollegin stehen lassen, deshalb sagte ich: „Geben Sie mir die Vertretungsvollmacht, damit ich sie unterschreiben kann."

Anne nickte befriedigt.

„Schön, dass du zur Vernunft gekommen bist", sagte Andreas.

Anne gab mir einen Zettel, den sie bereits vorbereitet hatte. Ich setzte meinen Friedrich Wilhelm darunter. Anne war jetzt also offiziell meine Anwältin. Ich fragte mich, was das alles wieder kosten würde, wobei wir natürlich, was das

Haus betraf, eine Rechtsschutzversicherung abgeschlossen hatten, die aber wahrscheinlich nur bei Vertragsrechtsstreitereien zahlen würde. Fiel das darunter?

„So, und nun bitte ich Sie, zu berichten, was Sie heute früh der Polizei erzählt haben."

Ich berichtete. Anne meinte, das sei eigentlich kein Problem, ich könnte das auch weiterhin so aussagen. Wenn ich am Wochenende wirklich nicht in dem Haus gewesen sei, wäre es gut, wenn ich dafür Beweise beziehungsweise Zeugen beibringen könnte. Ich versprach, das zu tun, musste ihr allerdings jetzt schon sagen, dass das nicht hundertprozentig funktionieren würde, weil ich zum Beispiel mit Balu allein spazieren gegangen war.

„Auch kein Problem", sagte sie. „Und Andreas ist eh aus dem Schussfeld, schließlich war er das ganze Wochenende in Zinnowitz."

„Wenn die Polizei Sie nochmals verhören will, rufen Sie mich bitte sofort an", sagte Anne.

Ich versprach, genau das zu tun. Immerhin hatte die Frau eine beruhigende Ausstrahlung.

Juli:
Mordkommission

„Kriminalpolizei, wir würden Sie gern sprechen", sagte eine Stimme. Mir blieb nichts anderes übrig, als den Öffner zu drücken. Ich erwartete Rainer Venske und Frau Bernhard.

Aber es standen zwei fremde Männer vor unserer Wohnungstür. Sie zeigten mir ihre Ausweise: Christian Jentsch und Markus Wiegand. Hauptkommissare. LKA 411.

Ich öffnete die Tür weiter und bat die beiden Beamten herein. Sie waren beide um die vierzig, Christian Jentsch war der Größere der beiden, ansonsten sahen sich die beiden recht ähnlich: kurze, dunkelblonde Haare, Dreitagebart, intelligente, graublaue Augen. Sie waren mir nicht unsympathisch.

Ich lächelte. „Am besten ins Wohnzimmer. Ich gehe mal vor."

Andreas kam dazu. „Guten Tag. Meine Frau sagt nichts, bevor nicht ihre Anwältin dabei ist, ich habe Frau Gehlhaar soeben informiert."

„Möchten die Herren in der Zwischenzeit vielleicht einen Kaffee?", fragte ich und sah meinen Mann an. „Ich könnte gut einen vertragen, oder darf ich das auch nicht ohne Anwältin sagen?“

Der eine der beiden Kommissare, ich glaube, es war Christian Jentsch, lachte.

„Ich würde es vorziehen, den Kaffee zu bekommen, bevor die Anwältin kommt, nicht dass uns Vorteilsnahme im Amt vorgeworfen wird“, sagte er grinsend. Wusste doch, dass ich den Kerl irgendwie mochte.

„Milch, Zucker?“

Es dauerte nicht lange, bis es erneut klingelte. Anne Gehlhaar schien in der Nähe gewartet zu haben. Oder wohnte sie um die Ecke? Ich würde es in Erfahrung bringen.

Meine Kinder drückten sich in der Küche herum, von der aus man jedes Wort hören konnte, was im Wohnzimmer gesprochen wurde. Sie spürten ganz genau, dass dort etwas vor sich ging, was sie nicht unbedingt mitkriegen sollten. Natürlich waren sie neugierig und ängstlich.

„Hey, ihr Süßen, nehmt Balu mit in euer Zimmer, okay? Wir müssen jetzt in Ruhe mit unserem Besuch reden, passt ihr in der Zwischenzeit auf den Hund auf?“

Meine Schätzchen versuchten mir nicht zu zeigen, dass sie ängstlich waren und unbedingt zuhören wollten. Sie nahmen Balu am Halsband und verschwanden brav in ihrem Zimmer.

Als ich mit einer Tasse Kaffee für Anne Gehlhaar zurück ins Wohnzimmer kam, blickte ich in betretene Mienen.

Ich setzte mich in meinen Lieblingssessel. „Was ist?“

„Die beiden Herren sind von der Mordkommission“, sagte Andreas.

„Mordkommission?" Allein das Wort jagte mir Angst ein. „Aber wieso?"

Christian Jentsch schaute mich an. „Im Keller Ihres Hauses wurde eine Leiche gefunden."

„Was!?"

Ich hielt mich an den Armlehnen meines Lieblingssessels fest, denn das Wohnzimmer schien sich um mich zu drehen. „Aber das ist …"

„Das ist unmöglich", ergänzte Andreas.

„Wieso?"

„Niemand kam in das Haus ohne unser Wissen hinein", sagte ich. „Wer, wer ist es?"

„Das wissen wir noch nicht!", sagte Markus Wiegand.

„Ein Mann oder eine Frau?", fragte ich.

Markus Wiegand und Christian Jentsch schauten einander an. „Wer hätte denn in Ihr Haus kommen können?"

Wieso antworteten die nicht auf meine Frage. Das Schweigen im Raum wurde bedrückend.

„Sie wissen es nicht?", fragte Anne. Sie war ebenso blass geworden wie Andreas.

„Nein, wir wissen es noch nicht, die Leiche ist jetzt in der Gerichtsmedizin, sie ist so stark verkohlt, dass es wohl noch ein bisschen dauert, bis der Gerichtsmediziner das Geschlecht bestimmen kann", sagte Christian Jentsch.

„Wer hatte denn Zutritt zu Ihrem Haus?", fragte Markus Wiegand.

„Nur wir, also mein Mann, meine Kinder und ich. Und meine Eltern. Aber die sind im Moment in Italien im Urlaub."

Es war ein Schock. Wer war der oder die Tote in unserem Haus gewesen? Wer war dort ohne unser Wissen eingedrungen? Hatte derjenige den Brand gelegt? Meine Gedanken überschlugen sich. „Der Beschützer!", sagte ich.

Die Kriminalkommissare schauten mich verständnislos an.

„Wir werden seit Monaten mit Briefen tyrannisiert", sagte ich. Andreas stand auf und holte die Briefe aus dem Arbeitszimmer.

„Hier sind diese Briefe, die wir seit April bekommen haben. Sie sehen, wir werden darin nicht direkt bedroht, aber meiner Frau haben die Briefe Angst eingejagt."

„Deshalb haben Sie den Keller auch abgeschlossen, wenn Sie allein in dem Haus waren?", fragte Markus Wiegand an mich gewandt.

„Weshalb sollte ich die Kellertür abschließen? Nein!"

„Hatten Sie keine Angst vor dem Keller?"

„Natürlich hatte ich Angst vor dem Keller. Er hat doch in einem Brief ausdrücklich auf den Keller hingewiesen. Dass man die Schreie aus dem Keller oben nicht hört."

„Und da haben Sie nicht zugesperrt?"

„Nein! Ich habe den Keller nicht zugesperrt. Zumal ich gar nicht mehr mit Schlüsseln unser Haus zuschließe, sondern einen Code eingebe. Wenn ich immer ein Schlüsselbund für das Haus mit mir führen würde, dann hätte ich vielleicht auch den Kellerschlüssel daran gehabt, aber so war es viel einfacher, den Kellerschlüssel von außen stecken zu lassen."

„Sie sind sicher, dass der Kellerschlüssel von außen steckte?", fragte Christian Jentsch.

„Ja, natürlich, wo soll er sonst gewesen sein!"

„Aber den Schlüssel von der Kellertür zum Garten hatten Sie innen abgezogen. Wo haben Sie den denn aufbewahrt?", fragte Christian Jentsch.

Ich überlegte, schaute Andreas an. Hilf mir, verdammt. Wo ist dieser Schlüssel?

„Es hätte keinen Sinn gemacht, den Schlüssel von innen stecken zu lassen, wir wollten nicht, dass die Kinder rauslaufen. Der Schlüssel liegt im Heizungskeller direkt hinter dem Zähler oben außer Reichweite der Kinder."

Danke, dachte ich, das hättest du mir ruhig auch mal sagen können. Wir hatten den Ausgang aus dem Keller noch nie benutzt, deshalb hatte ich wohl nicht danach gefragt.

„Wann waren Sie das letzte Mal im Haus?", fragte Markus Wiegand.

„Das habe ich doch schon Ihren Kollegen gesagt, am Freitagabend."

„Das werden Sie vermutlich noch ein paarmal wiederholen müssen. Also, was haben Sie am Sonntag gemacht?"

Diesmal sprach Andreas: „Ich hatte die Möglichkeit, ein Ferienhaus in Usedom kostenlos zu nutzen, deshalb bin ich mit unseren beiden Kindern am Samstag früh an die Ostsee gefahren."

„Und ihre Frau ist hiergeblieben? Alleine? Warum?", fragte Christian Jentsch und sah mich an.

„Andreas wollte eine Woche wegbleiben, und wir haben Handwerker im Haus. Ich musste mich um den Umbau kümmern."

„Können Sie uns eine Liste der Handwerksbetriebe geben, die Sie im Haus beschäftigen?“

„Kein Problem“, sagte Andreas, erhob sich wieder und ging in unser Arbeitszimmer.

„Und was haben Sie am Wochenende gemacht, so ganz allein in der Stadt?“

„Um ehrlich zu sein, habe ich es genossen, mal ein bisschen alleine zu sein. Der Umbau und diese entsetzlichen Briefe hatten uns so gestresst, dass ich mal ganz froh war, zwei Tage die Villa nicht betreten zu müssen.“

„Sind Sie sicher, dass Sie nicht auch am Sonntag im Haus gewesen sind?“

„Hundertprozentig sicher. Alleine traue ich mich auch nicht so richtig ins Haus, ich gehe da nur alleine hin, wenn Handwerker da sind. Wir haben uns aus Angst bereits einen Rottweiler zugelegt, aber Balu ist noch jung, er befindet sich noch in der Ausbildung.“

„Kommen wir noch mal auf die Handwerker zu sprechen“, sagte Christian Jentsch, als Andreas mit der Liste der Betriebe zurück ins Wohnzimmer kam.

„Uns interessieren insbesondere Ihre Küchenumbauten.“

Ich berichtete also haarklein, was wann wie umgebaut worden war, inklusive des Unfalls der Möbelspedition und meines kleinen Bestechungsversuchs.

„Was haben Sie am Sonntagnachmittag gemacht?“, fragte Christian Jentsch. „Und gibt es dafür Zeugen?“

„Natürlich gibt es Zeugen. Ich war am Nachmittag bei den Vorbesitzern des Hauses, der Familie Genske, und habe mich dort über unsere neuen Nachbarn schlaugemacht. Wir hatten gehofft, dass wir so auf einen möglichen Briefschreiber stoßen würden."

„Wir?", fragte Markus Wiegand.

„Ja, mein Mann und ich."

„Aber Ihr Mann war doch in Usedom?"

„Das hat sich kurzfristig ergeben, wir hatten ursprünglich geplant, gemeinsam in den Rosengarten zu fahren, das ist das Altenwohnheim, in dem die Genskes wohnen."

„Der Termin war Ihrem Mann also bekannt?"

Ich nickte.

„Wem noch?"

„Niemandem. Doch. Meinen Eltern, denen habe ich davon am Telefon erzählt."

„Und diesen Besuch können die Genskes bezeugen?"

„Sicher."

„Was haben Sie dort erfahren?", fragte Markus Wiegand.

„Sie haben mir zu jedem Nachbarn etwas erzählt, ich habe mitgeschrieben. Wollen Sie meine Notizen sehen?"

„Ja, sehr gern", sagte Christian Jentsch.

Ich stand auf. „Ich kann Ihnen von meinen Notizen schnell eine Kopie ziehen."

„Das wäre prima", sagte Christian Jentsch.

Als ich ins Arbeitszimmer ging, folgte er mir. Dachte er, ich würde Beweise verstecken? Ich lächelte ihn an und legte mein Notizbuch aufgeschlagen auf den Scanner. „Ich hoffe, Sie können meine Sauklaue lesen."

„Das hoffe ich auch", sagte er und lächelte.

Als wir wieder im Wohnzimmer waren, fragte Markus Wiegand: „Von wann bis wann waren Sie in dem Altenheim?"

„Ich bin so um drei bei den Genskes gewesen, bis knapp nach fünf."

„Und danach?"

„Danach bin ich zu meinen Eltern gegangen und habe den Garten gegossen."

„Wo wohnen Ihre Eltern?"

„In der Matterhornstraße."

„Hat Sie dort jemand gesehen?"

„Ja, ich habe mit unseren alten Nachbarn über den Gartenzaun gesprochen. Die beiden sind weit über achtzig, sie kennen mich, seitdem ich ein kleines Mädchen war."

„Wann war das?"

„Ich schätze so um sechs, halb sieben?"

„Wie lange brauchten Sie für den Weg vom Rosengarten bis zur Matterhornstraße?"

„Nicht lange, vielleicht zehn Minuten, eine Viertelstunde. Aber ich bin vorher noch schnell nach Hause gefahren und habe den Hund geholt, den hatte ich in der Wohnung gelassen, weil ich nicht sicher war, ob man einen Hund mit ins Altenheim bringen darf."

„Das hat wie lange gedauert?"

„Ich habe ihm noch was zu fressen gegeben, habe die E-Mails gecheckt – also ich denke, vielleicht zwanzig Minuten."

„Und dann sind Sie direkt zu Ihren Eltern gefahren?"

„Ja. Nein, nicht gefahren. Wir sind gelaufen. Balu musste ja auch mal Gassi."

„Man läuft von hier bis in die Matterhornstraße wie lange?"

„Nicht länger als zehn Minuten, schätze ich. Ich habe noch nie auf die Uhr geschaut."

„Wie heißen die Nachbarn?"

„Breitschwerdt."

Die Beamten schrieben eifrig mit. Andreas saß angespannt auf dem Sofa.

„Und von da aus sind Sie wann wohin gegangen?"

„Ich habe mir um neunzehn Uhr die Nachrichten im Fernsehen bei meinen Eltern angeschaut. Danach habe ich meine Eltern in Italien angerufen und ihnen einen Lagebericht gegeben."

„Wo sind Ihre Eltern zu erreichen?"

„Ich möchte nicht, dass meine Eltern jetzt im Urlaub erfahren, dass unser Haus abgebrannt ist."

„Es wäre trotzdem nett, wenn Sie uns die Telefonnummer geben würden."

Ich stand auf, holte mein Smartphone aus meiner Handtasche und diktierte ihnen die Nummer.

„Und dann? Also um kurz vor acht?"

„Da habe ich das Haus verlassen und mich kurzfristig entschieden, im Wirtshaus an der Rehwiese eine Kleinigkeit zu essen."

„Was man dort sicher bestätigen kann", sagte Markus Wiegand.

„Natürlich, man kennt mich dort seit vielen Jahren. Außerdem habe ich eine ehemalige Schulfreundin und ihren Mann getroffen." Ich gab den Beamten Namen und Nummern.

Anne Gehlhaar lächelte. Nicht nur mir fiel wohl auf, dass

ich für Sonntagnachmittag ein ziemlich lückenloses Alibi hatte.

Nachdem die Beamten noch ein paar Fragen zu unseren Versicherungen gestellt hatten, standen sie auf und sagten, dass sie sich gern wieder bei uns melden würden, wenn sie weitere Fragen hätten. Ich begleitete die beiden hinaus.

Als ich zurück ins Wohnzimmer kam, machten Andreas und Anne ein sehr ernstes Gesicht.

„Was ist, habe ich jetzt schon wieder was falsch gemacht?"

„Dir scheint überhaupt nicht klar zu sein, dass all deine Aussagen auch zu den Versicherungsheinis gehen. Wenn die auch nur das My eines nicht vertragsgemäßen Verhaltens irgendwo in den Unterlagen finden, wird sich die Versicherung weigern zu zahlen."

„Aber wir haben doch nichts falsch gemacht, oder?" Ich schaute Anne Gehlhaar an, die keine Anstalten machte, aufzustehen und zu gehen.

„Wenn ich es richtig sehe, habt ihr auch keine Firmen schwarz beauftragt oder selbst irgendwo rumgestümpert", sagte sie. „*Rechtsanwälte sind ja nicht gerade für ihre handwerklichen Fähigkeiten bekannt.*"

„Na, zumindest nicht an irgendwelchen Leitungen und Rohren rumgestümpert", sagte ich.

„Scheiße!" Andreas runzelte die Stirn. „Mir fällt gerade ein, dass in dem ersten Brief stand, dass wir selbst Hand anlegen."

„Na und? Man darf ja wohl in seinem eigenen Haus die Türen abbeizen. Das ist schließlich Monate her." Das Grummeln in meinem Magen wurde lauter.

„Außerdem habt ihr eure Versicherung doch auch auf die Abdeckung bei grober Fahrlässigkeit aufgestockt", sagte Anne.

„Wer aber könnte sich in unserem Keller versteckt haben?" Andere Gedanken schien mein Gehirn nicht zuzulassen.

„Die werden uns jetzt nicht nur versuchen, Brandstiftung nachzuweisen, sondern auch noch einen Mord", sagte Andreas.

„Wieso Mord?"

„Wenn ich die Fragen der Polizei richtig interpretiere, hat man die Leiche im Keller gefunden, und der Keller war von außen abgeschlossen. Wie soll jemand in den Keller kommen und sich von außen selbst einschließen?"

„Halt, Andreas! Also wirklich, jetzt geht deine Phantasie mit dir durch. Das sind zwei unterschiedliche Straftatbestände. Der erste mögliche Straftatbestand ist schwere Brandstiftung. Und der zweite mögliche Straftatbestand wäre Freiheitsberaubung. Eine Mordabsicht muss man erst mal nachweisen. Kommt also darauf an, wer die Leiche ist."

Andreas setzte sich auf die Couch. „Na klar, du hast natürlich recht. Da hätte ich auch von alleine draufkommen müssen, Frau Kollegin."

„Gut, ich würde jetzt gern meiner Familie etwas zu essen machen", sagte ich.

Anne Gehlhaar hatte wohl verstanden, dass sie jetzt gehen sollte. Sie warf Andreas einen Seitenblick zu.

„Ich bringe Anne raus", sagte er und stand auf.

Ich ging derweil in die Küche und machte Sandwiches. Zu mehr fehlte mir die Kraft.

Andreas kam in die Küche. Über die Schulter schaute ich den von mir einmal so geliebten Mann an. „Käse?"

Er schlang von hinten die Arme um mich. „Alles Käse, Claudi", flüsterte er an meinem Ohr. Und da endlich konnte ich weinen.

Juli:
Berliner Morgenpost

Brand in Nikolassee

Bei einem Brand in Nikolassee wurde eine einhundertfünfzehn Jahre alte Villa komplett zerstört. Das Feuer in dem unter Denkmalschutz stehenden Haus in der Burgunder Straße sei vermutlich durch eine Gasexplosion verursacht worden, sagte ein Feuerwehrsprecher am Sonntagabend. Die Feuerwehr wurde kurz vor 22.00 Uhr alarmiert, ein Übergreifen des Feuers auf benachbarte Wohnhäuser konnte verhindert werden.

August:
Hausdurchsuchung

Es klingelte Sturm. Andreas war unter der Dusche, und ich bereitete gerade das Frühstück vor. Vor der Tür standen Christian Jentsch und Markus Wiegand und noch eine Handvoll andere Beamten in Zivil. Sie hielten mir ein amtlich aussehendes Schreiben vor die Nase. Ich verstand nur „Hausdurchsuchung“. Ich war noch nicht ganz wach – morgens brauche ich immer ein wenig Anlauf –, aber das Herz rutschte mir in die Hose. Was sollte das?

Ich ließ die Männer herein. Was blieb mir anderes übrig. Andreas steckte den Kopf aus dem Badezimmer und fragte, was los sei.

„Hausdurchsuchung“, sagte ich.

„Moment, ich ziehe mir schnell etwas an. Lass dir eine Kopie vom Durchsuchungsbeschluss geben.“ Im Bademantel huschte Andreas ins Schlafzimmer.

Christian Jentsch reichte mir ein Blatt Papier. Ich war viel zu aufgeregt, um es zu lesen. Nach ein paar Minuten kam Andreas in den Flur und überflog den Beschluss.

Ich ging am ganzen Körper zitternd ins Kinderzimmer zu Lina und Finn, die noch im Schlafanzug waren. „Macht euch keine Sorgen, das ist die Polizei. Die kommt nur etwas holen, was sie brauchen, um denjenigen zu finden, der das Haus angesteckt hat", versuchte ich den ungebetenen Besuch meinen Süßen zu erklären. Wir hatten den Kindern gesagt, dass unser Haus abgebrannt war. Sie waren sowieso schon verstört. Aber wen wollte ich beruhigen, sie oder mich?

Ich hörte Andreas im Arbeitszimmer leise mit den Männern reden. Ich wollte schreien, hört auf, geht weg, dieser Einbruch in unsere Intimsphäre am frühen Morgen war für mich unerträglich. Unser Albtraum schien sich ins Unermessliche zu steigern.

Ich sagte zu meinen Kindern: „Bleibt einfach im Bett, okay?", und ging nach draußen. Mein Herz klopfte so laut, dass ich Angst hatte, dass die Männer es hören würden. „Was suchen Sie hier eigentlich?", fragte ich die Beamten, die unsere Sachen durchwühlten. Ich bekam keine Antwort.

Am schlimmsten war für mich, dass die Männer sogar unseren Kleiderschrank und die Kommode mit meiner Unterwäsche durchsuchten. Danach machten sie sich im Bad zu schaffen, wühlten sogar in meiner schmutzigen Wäsche. Ich fühlte mich vergewaltigt.

Andreas stand neben einem Beamten in unserem Arbeitszimmer und weigerte sich, seinen Rechner und das Passwort für seinen Computer abzugeben.

„Auf dem Computer sind vertrauliche Mandantenakten, es kommt ganz und gar nicht in Frage, dass ich Ihnen Zutritt zu meinem Rechner gewähre, damit sind Sie sofort im Rechner meiner Kanzlei."

Meinen Laptop hatten die Beamten bereits zugeklappt.

„Das ist Ihr Computer?", fragte Markus Wiegand, der in der Tür stand.

„Ja."

„Wir werden den mitnehmen. Wie lautet das Passwort?"

Ich schaute hilflos Andreas an. Er zuckte die Schultern. Nun konnte ich rätseln, was das hieß. Hieß das: Keine Ahnung, warte auf Anne. Ich war mir sicher, dass er sie angerufen hatte. Oder hieß das: Vielleicht gibst du ihnen besser das Passwort, als dass sie meinen Rechner mitnehmen. Oder wollte er mir sagen: Ist doch egal, du hast doch nichts zu verbergen auf dem Ding. Also gab ich ihnen das Passwort: „LinaFinn§Claudi."

Sie würden es sowieso finden, denn ich hatte oben in meiner Schreibtischschublade eine Liste mit Passwörtern. Konnte sich ja kein Mensch alles merken. In dem Moment fiel mir ein, dass auch das Passwort seines Rechners dort aufgeführt war. Durften die das verwenden?

Es klingelte. Anne. Ich war erleichtert, dass sie da war. Als Erstes ließ auch sie sich den Durchsuchungsbeschluss zeigen. Da kam auch schon Christian Jentsch aus dem Schlafzimmer. „Wir sind hier fertig."

„Wo sind die Kleidungsstücke, die Sie am Sonntag getragen haben?", fragte Markus Wiegand.

„Im Wäschekorb." Ich gab den Beamten die Klamotten meiner Mutter aus dem Korb heraus.

„Die nehmen wir auch mit. Wo sind die Schuhe?"

Aus irgendeinem Grund war das zu viel, und ich schrie los: „Sie glauben doch nicht wirklich, dass ich was mit diesem Brand zu tun habe?"

Anne Gehlhaar sagte: „Beruhigen Sie sich, Frau Wöhrmann, Sie haben nichts zu verbergen."

Danke, dass wenigstens eine an meine Unschuld glaubte.

Während ich den Beamten meine Schuhe gab, zogen die Polizisten Kopien von unseren Versicherungsunterlagen.

Nach einer knappen Stunde war alles vorbei. Ich war vollkommen fertig. Meine Kinder heulten, und ich war nicht in der Lage, sie zu beruhigen, so aufgewühlt war ich selbst. Auch Andreas saß bleich in der Ecke.

„Wieso haben die eigentlich meine Kleider mitgenommen. Und was wollten die mit den Schuhen?"

„Die Sachen gehen in die Kriminaltechnik und werden auf Spuren untersucht", sagte Anne.

„Was für Spuren denn?"

„Brandbeschleuniger, Benzin oder Brennpaste", sagte sie.

„Hhm, ich habe am Sonntag getankt! Was ist, wenn ich Benzin an den Schuhen habe?"

„Haben Sie die Tankquittung aufgehoben?"

„Nein, wozu?"

„Und Sie haben auch nicht mit Karte bezahlt?"

„Nein, ich habe bar bezahlt." Mir wurde ganz heiß.

„An welcher Tankstelle war das? Kennt man Sie dort, wird sich das Personal an Sie erinnern?"

Ich schüttelte den Kopf. „Nein, ich tanke sonst nie in der Potsdamer Chaussee bei Aral. Aber es lag auf dem Weg nach Hause, als ich vom Rosengarten kam."

„Wieso hast du das nicht den Kriminalbeamten gesagt, als sie dich gefragt haben, was du am Sonntagnachmittag gemacht hast?", fragte Andreas.

„Ehrlich gesagt, ich habe es vergessen."

„So ein Mist", sagte Andreas. Ich sah, dass er Angst hatte. War es Angst um mich oder darum, dass die Versicherung uns daraus einen Strick drehen würde?

„Tankstellen haben eine Videoüberwachung. Die kann die Polizei dann einsehen, es sei denn, die überspielen die täglich", sagte Anne.

„Wieso kommen die überhaupt hierher mit einem Durchsuchungsbeschluss?", fragte ich. „Die hätten doch auch einfach nach den Sachen fragen können."

„Ich fürchte, Sie sind inzwischen eine Beschuldigte", sagte Anne Gehlhaar.

„Was?"

„Wurde eine Straftat begangen und sollen durch die Durchsuchung Beweismittel aufgefunden werden, handelt es sich um eine Maßnahme der Strafverfolgung. Die Voraussetzungen einer Durchsuchung richten sich in diesem Fall nach der Strafprozessordnung", sagte Andreas.

„Das hilft mir jetzt echt weiter …" Ich fühlte mich so hilflos wie noch nie zuvor in meinem Leben.

„Der Paragraph 102 der Strafprozessordnung erlaubt die Durchsuchung der Wohnung von jemandem, der als Beschuldigter gilt, zur allgemeinen Suche nach Beweismitteln", sagte Anne.

„Was ich denen nicht gesagt habe, ist, dass meine Klamotten vom Sonntag noch bei meinen Eltern sind, ich habe die doch sofort gewaschen, noch in der Nacht!"

„Wie bitte, das glaube ich jetzt nicht!" Andreas schüttelte den Kopf.

„War auch besser, dass sie es nicht gesagt hat", sagte Anne, „das würde sie nur verdächtig machen."

„Ich habe eben überhaupt nicht mehr daran gedacht!"

„Das ist der Grund, warum du eine Anwältin brauchst, Claudi, du redest uns um Kopf und Kragen und verhältst dich, als ob du etwas zu verbergen hättest."

„Aber ich habe doch nichts zu verbergen. Rein gar nichts! Und was hoffen die denn in meinem Computer zu finden?" Ich war der Hysterie nahe.

„Sie haben doch nicht etwa recherchiert, wie man ein Haus am besten anzündet?"

Fassungslos schaute ich Anne Gehlhaar an. „Natürlich habe ich wegen Feuer recherchiert. Was hätten Sie denn getan, wenn Sie so einen durchgeknallten Brief bekommen würden? Klar habe ich nach Möglichkeiten gesucht, wie der Beschützer uns eventuell schaden könnte. Ich wollte gewappnet sein."

„Was machen wir denn jetzt?", fragte Andreas Anne.

„Es gibt zwei Möglichkeiten: Entweder die Flucht nach vorn antreten und sagen, wieso die Kleidungsstücke woanders und bereits gewaschen sind. Und sagen, dass Sie tanken waren. Also ganz transparent kommunizieren. Ebenso, was die Recherchen im Computer betrifft, das sehen die sowieso.

Möglichkeit Nummer zwei: Abwarten und Tee trinken. Sie sind nicht verpflichtet, sich selbst noch verdächtiger zu machen. Es ist nicht strafbar, Kleider zu waschen und woanders zu lagern. Ich würde also empfehlen, zunächst einmal abzuwarten."

„Es sieht alles nicht gut aus, nicht wahr?“

Anne Gehlhaar sagte nichts, und auch Andreas schwieg betreten. Aber sie mussten meine Befürchtungen nicht bestätigen, ich wusste selbst, dass ich in der Schusslinie stand.

Tod im Geisterhaus: Wer ist der unbekannte Tote?

Nach dem Brand in der Villa in Nikolassee wurde im Keller des Hauses eine unbekannte Leiche gefunden. War er der „Beschützer"? Die Eigentümer des am Sonntagabend ausgebrannten Hauses wurden seit dem Kauf von einem unbekannten Briefschreiber belästigt, der sich „Der Beschützer" nannte. Der anonyme Briefschreiber drohte den Besitzern, dass das Haus sich rächen würde, wenn sie es umbauten. Die Familie hat insgesamt fünf Briefe mit versteckten Drohungen erhalten, wobei der Absender Details aus dem Privatleben der Eigentümer kannte. Offensichtlich standen sowohl die Umbauten als auch die Familie unter Beobachtung. Ist der „Beschützer" jetzt seinen eigenen Drohungen zum Opfer gefallen?

Nach einer Gasexplosion brannte das Haus bis auf seine Grundmauern nieder. Wie die Polizei heute mitteilte, handelt es sich bei der vollständig verkohlten Leiche mit größter Wahrscheinlichkeit um einen älteren Mann. Etwa 1,75 Meter groß. Die dritte Berliner Mordkommission hat die Ermittlungen aufgenommen.

Die Kriminalpolizei bitte um Mithilfe: Wer hat am Sonntag einen Mann in das Haus Burgunder Straße 13 gehen sehen? Wo wird ein älterer Mann vermisst? Angaben nimmt jede Polizeidienststelle entgegen oder die Mordkommission unter der Telefonnummer (030) 4664-9113333 beziehungsweise per E-Mail (lka1133-hinweis@polizei.berlin.de).

August:
Distanz

Die nächsten Tage erlebte ich wie in Trance. Andreas ging mit den Kindern in den Zoo, Affen beobachten, fuhr mit ihnen ins Strandbad Wannsee und mietete einen Strandkorb, während ich mich mit Balu im Garten meiner Eltern erholte. Einer musste bei solchen Ausflügen auf den Hund aufpassen.

Zwischen meinem Mann und mir war eine freundliche Distanz eingetreten, so wie zwischen zwei Kollegen, die sich nicht zu nahekommen wollten, damit die Intimsphäre des anderen nicht verletzt wird. Ich hatte mich in meinem ganzen Leben nie so einsam gefühlt.

Das Haus meiner Eltern bot mir auch Zugang zu einem Computer – mein Laptop war schließlich bei der Kriminaltechnik. Da Andreas seinen Rechner zu Hause auch beruflich nutzte, wollte ich mich nicht an seinen setzen – freundliche Distanz.

Ich recherchierte über Brände und Versicherungen und natürlich über den aktuellen Stand der Ermittlungen in Sachen Villa Wöhrmann.

Sehnsüchtig erwartete ich die Rückkehr meiner Eltern

am Wochenende. Wir hatten ihnen noch nichts von dem Brand gesagt.

Ich telefonierte in diesen Tagen viel mit der Versicherung, zur Brandstelle selbst hatten wir keinen Zugang, die Brandsachverständigen waren immer noch vor Ort. Ich fragte mich, ob die Polizei die Informationen über den Beschützer selbst an die Medien gegeben hatte oder ob ein Beamter irgendwo geplaudert hatte. Seit der Meldung am Dienstag in mehreren Berliner Tageszeitungen bekamen wir zahllose Interviewanfragen, die wir natürlich ablehnten. Einige Fotografen und Journalisten hatten sogar bei uns geklingelt. Wir haben unser Festnetztelefon aus der Buchse gezogen und uns so wenig wie möglich in unserer Wohnung aufgehalten. Wer uns kannte, hatte unsere Handynummern, der Rest konnte uns gestohlen bleiben.

Am Mittwoch gab es dann allerdings eine faustdicke Überraschung.

August:

Berliner Morgenpost

Der Beschützer war ein Nachahmer

Wie die Berliner Morgenpost gestern berichtete, hatte ein sogenannter „Beschützer" den Eigentümern einer Villa in Nikolassee schriftlich angedroht, dass ihr Haus sich rächen würde, sollten sie es umbauen wollen. Am Sonntagabend war die Villa ausgebrannt, im Keller des Hauses war eine bis heute nicht identifizierte Leiche gefunden worden.

Unzählige Anrufe gingen nicht nur bei der Berliner Mordkommission, sondern auch in unserer Redaktion ein. Die Anrufer wiesen darauf hin, dass es einen ähnlichen Fall in den USA gegeben habe. Eine Familie war mit Briefen mit kaum verhohlenen Drohungen so lange terrorisiert worden, bis sie den Bezug ihres neuen Eigenheims aufgaben, der Briefschreiber wurde nie gefunden.

Der Fall ist kürzlich in einer deutschen True-Crime-Zeitschrift veröffentlicht worden, die Verfilmungsrechte sind bereits vergeben. Das amerikanische Vorbild nannte sich „Der Wächter".

Ein Polizeisprecher bestätigte auf Nachfrage, dass der Inhalt der deutschen Drohbriefe dem amerikanischen sehr ähnlich gewesen und nur auf die persönlichen Verhältnisse der neuen Eigentümer der Villa in Nikolassee zugeschnitten worden sei.
War der Briefschreiber der unbekannte Tote im Keller? Fest steht, dass es sich bei dem Stalker um einen Nachahmer mit Vorliebe für True-Crime-Storys handelte.

August:
Befragung

Natürlich hatte ich nicht an den Blödsinn mit den vier Generationen geglaubt, die das Haus angeblich bewachten. Dennoch war ich nach dieser Meldung ein wenig beruhigt. Dadurch, dass es sich um einen simplen Nachahmer handelte, verlor der „Beschützer" für mich seinen Schrecken, er hatte plötzlich menschliche Züge angenommen. Dennoch zermarterte ich mir nach wie vor das Hirn, wer der Tote in unserem Keller gewesen sein könnte.

Es musste doch irgendwo jemand vermisst werden. Oder war es ein Obdachloser, der sich dort schlafen gelegt hatte? Aber wie wäre der ins Haus gekommen?

Am Freitagmorgen klingelte es Sturm. Andreas und ich schreckten noch im Bett liegend hoch und wussten sofort, dass uns etwas Unangenehmes bevorstand. Und so war es auch: Markus Wiegand und ein mir unbekannter Kollege standen vor der Tür und „baten" mich, mit ihnen zu kommen.

„Wohin, weshalb, wieso?", stotterte ich.

„Bitte kommen Sie mit in unsere Dienststelle!"

Andreas stand in der Schlafzimmertür. „Was heißt das?"

„Das heißt, dass wir uns mit Ihrer Frau auf der Dienststelle unterhalten wollen."

„Nicht ohne ihre Anwältin", sagte Andreas.

Ich schaute ihm hilflos hinterher, wie er ins Schlafzimmer eilte, um Anne anzurufen.

„Können wir das nicht hier erledigen?" Ich zitterte am ganzen Körper.

„Nein."

Ich bat die Herren von der Mordkommission, im Wohnzimmer Platz zu nehmen, während ich mich im Schlafzimmer anzog.

„Was bedeutet das?", flüsterte ich, als ich ins Schlafzimmer kam, wo Andreas gerade aufgelegt hatte.

„Keine Ahnung, bleib ganz ruhig, Anne fährt direkt in die Keithstraße."

Planlos stand ich vor meinem Kleiderschrank und wusste nicht, was ich anziehen sollte. Ich war so durcheinander, dass es mir unmöglich war, irgendetwas Praktisches, Zusammenpassendes auszuwählen, ich griff ein uraltes Sommerkleid und streifte es über Slip und BH.

„Kämm dich, du siehst wüst aus", sagte Andreas. Es war ihm immer wichtig, was für einen optischen Eindruck seine Mandanten machten. Ich kam kaum mit der Bürste durch meine halblangen, blonden Haare, die sich bei der momentanen Luftfeuchtigkeit zu hunderttausend kleinen Locken kräuselten. Er hatte recht, ich sah aus wie ein aufgeplatztes Sofakissen.

„Und erst denken, dann reden", sagte er, „sortier dich."

Das war leichter gesagt als getan. Bei meiner Fahrt zur

Mordkommission überlegte ich, dass Andreas so gewirkt hatte, als fürchte er, ich könne einen verwirrten Eindruck machen. Ich *war* verwirrt. Und wie. Ich möchte den sehen, der nicht verwirrt ist, wenn er morgens um sieben aus dem Bett geklingelt und zu einem Verhör bei der Mordkommission geschafft wird. Befragung nannten sie das, dass ich nicht lachte!

Ich weiß nicht, was ich erwartet hatte. Jedenfalls gab es in dem weiß gestrichenen Befragungsraum keinen falschen Spiegel, durch den ich beobachtet wurde, und ich sah auch nirgendwo eine Videokamera. Markus Wiegand und Christian Jentsch gesellten sich zu mir und nahmen mir gegenüber an einem großen Tisch Platz. Ob ich einen Kaffee wolle? Sie stellten mir die Schreibkraft Frau Heising vor, die „meine Aussagen aufnehmen" würde. Okay, alles noch mal von vorn. Zuerst stellten sie meine Personalien fest. Ich wollte schon etwas sagen, da fiel mir ein, dass Anne Gehlhaar kommen wollte.

„Ich möchte auf meine Anwältin warten", sagte ich. Die beiden Herren nahmen eine sehr relaxte Position ein. Ich war von relaxed ungefähr so weit entfernt wie vom Mond.

Kurz darauf rauschte Anne herein. Sie hatte es mit der Morgentoilette offensichtlich genauso eilig gehabt wie ich, jedenfalls war sie bei weitem nicht so gestylt, wie ich sie bisher kennengelernt hatte. Die etwas lockere Anne gefiel mir ungleich besser, und ich war heilfroh, sie zu sehen.

Die beiden Kriminalhauptkommissare stellten mir Fragen, die ich schon kannte. Das alles in einem Ton, als würden wir gemütlich miteinander plaudern.

„Kommen wir noch mal zu dem Sonntag“, sagte Markus Wiegand. „Sie waren also nicht in der Villa, haben Sie gesagt?“

„Nein, sagte ich, ich war nicht im Haus. Ich hatte Ihnen doch …“

Christian Jentsch: „Es tut uns leid, dass Sie das alles hier mehrmals wiederholen müssen, aber wir müssen Ihre Aussage heute zu Protokoll nehmen, also seien Sie so nett und sagen Sie uns genau, was Sie am Sonntag gemacht haben. Wir machen einfach ein Timetable daraus, ist das okay für Sie?“

Er hörte sich an, als ob ich eine Wahl hätte. Ich sagte also, kein Problem. Mir sei da übrigens was eingefallen, nachdem sie meine Schuhe mitgenommen hätten. Anne saß stoisch neben mir und verzog keine Miene. Ich berichtete erneut von meinem Besuch im Rosengarten und fügte diesmal das Tanken bei der Aral-Tankstelle in der Potsdamer Chaussee ein.

Die beiden stellten die gleichen Fragen, die Anne gestellt hatte: Karte? Quittung? Hat Sie jemand erkannt?

Ich hoffte, dass ich damit eventuelle Benzinspuren an meinen Schuhen wegdiskutiert hätte. Aber es kam noch schlimmer: „Was haben Sie gemacht, bevor Sie zu den Genskes gefahren sind?“

„Geduscht.“

„Und davor?“

„Davor war ich mit meinem Hund an der Krumme Lanke joggen. Anschließend haben wir in der Alten Fischerhütte gefrühstückt.“

Christian Jentsch betrachtete mich wie ein interessierter Zoologe eine unbekannte Insektenart.

„Und danach sind Sie zur Villa in der Burgunder Straße gefahren." Es kam völlig überraschend. Wie ein Pistolenschuss.

Eine Panikwelle schien mich zu überfluten. „Nein!"

„Nein?"

„Nein, ich war nicht in der Villa, wie oft soll ich das denn noch sagen?" Mir schossen die Tränen in die Augen.

„Man hat sie aber dort gesehen, Frau Wöhrmann!", sagte Markus Wiegand. Ganz sanft sagte er es, scheinbar ganz ohne Arg.

„Ich war nicht in der Villa, niemand kann mich in der Villa gesehen haben! Ich, ich, ich …"

Anne fasste mich am Arm. Was sollte das, was wollte mir meine Anwältin damit sagen? Ich schwieg.

„Wer hat Frau Wöhrmann wann wo gesehen?", fragte Anne.

„Wir haben mehrere Zeugenaussagen, die bestätigen, dass der Renault von Frau Wöhrmann kurz vor vierzehn Uhr direkt vor dem Haus in der Burgunder Straße geparkt wurde. Der darin befindliche Hund hat durch lautstarkes und anhaltendes Bellen die Nachbarn aufgeschreckt, so dass einige herausschauten, um zu sehen, wer da so einen Krach macht. Mehrere Zeugen bestätigen, dass Frau Wöhrmann die Treppen zu ihrem Haus hinaufgelaufen ist."

„Ich bin aber nicht ins Haus gegangen!", schrie ich. „Ich habe doch nur den Vorgarten gesprengt."

„Und wo bekamen Sie dafür das Wasser her?"

„Aus dem Wasserhahn auf der linken Seite des Hauses,

dort ist ein Schlauch angebracht, mit dem man den Vorgarten sprengen kann."

„Warum haben Sie nur den Vorgarten gesprengt?", fragte Christian Jentsch.

„Weil hinten kein Garten, sondern nur Gestrüpp und eine verödete Grasfläche ist, die wir sowieso neu anlegen wollten. Nur die Steinpflanzen im Vorgarten brauchten Wasser."

„Ist es nicht richtig, dass auf der linken Seite des Hauses sich auch die Tür zum Keller befindet?"

„Ja, der Schlauch hängt direkt neben der Kellertür."

„Kann man diesen Platz von der Straße aus einsehen?"

„Nein, ich glaube nicht, ich habe es nicht ausprobiert."

„Niemand hat Sie sprengen sehen", sagte Markus Wiegand.

„Ich habe wohl so gestanden, dass man mich von der Straße aus nicht sehen konnte."

„Wie lange haben Sie gesprengt?", fragte Christian Jentsch.

„Nicht lange, ein paar Minuten, ich wollte Balu nicht so lange im Auto lassen, er machte einen Radau, dass der Wagen auf der Straße hüpfte."

„Sie waren laut Zeugenaussagen über eine Viertelstunde im Haus."

„Ich war nicht im Haus und schon gar keine Viertelstunde!"

„Wieso haben Sie den Hund im Auto gelassen, es war doch ziemlich heiß an diesem Tag? Wer lässt denn einen kleinen Hund im Sommer allein im Wagen!"

„Balu liebt es, mit dem Schlauch zu spielen. Ich wollte

schnell weg, ich habe mich gegruselt, ich hatte Angst, dort allein zu sein! Deshalb habe ich ihn im Auto gelassen, damit er nicht mit dem Schlauch Fangen spielt und sich anschließend in der nassen Erde wälzt."

„Beim letzten Mal haben Sie uns erzählt, dass Sie sich ohne Hund nicht ins Haus trauen. Was denn nun?", fragte Markus Wiegand.

„Ich war ja nicht im Haus!" Ich merkte selbst, dass meine Stimme überkickste.

„Stimmt es, dass Sie sich bei Ihrem Versicherungsvertreter nach der Abdeckung von Feuerschäden erkundigt haben?"

„Ja, aber das habe ich doch schon alles erzählt!"

Ich saß da vor diesen beiden Männern, und mir liefen die Tränen hinunter. Wieso beschuldigten die mich, ich hatte doch gar nichts getan, sondern nur das, was jede verantwortungsvolle Mutter tun würde. „Wir hatten bereits so viel Geld in das Haus investiert, viel mehr als das, womit wir gerechnet hatten. Und dann diese Briefe, das ist doch wohl normal, dass ich Angst hatte."

„Und warum haben Sie im Internet nach einer Gebrauchsanweisung gesucht, wie man am besten einen Brand legt?"

„Ich habe *was*? Wie kommen Sie denn darauf? Nein, nein, nein. Das ist doch wohl … Frau Gehlhaar, so helfen Sie mir doch!"

Ich war von meinem Stuhl aufgesprungen, der hinter mir umfiel.

„Bitte setzen Sie sich wieder!"

„Ich denke nicht daran, mir so einen Quatsch noch länger gefallen zu lassen, Sie beschuldigen mich hier doch ganz offensichtlich, mein eigenes Haus angesteckt zu haben. Glauben Sie, ich bin durchgeknallt, oder was? Wieso sollte ich mein Haus anzünden, es ist mein Traumhaus, das, was ich bereits haben wollte, als ich noch ein Kind war."

„Frau Wöhrmann, beruhigen Sie sich, setzen Sie sich bitte wieder. Ich bin sicher, es gibt für alles eine ganz einfache Erklärung", sagte Christian Jentsch.

„So wie für die Benzinspuren an Ihren Schuhen", sagte Markus Wiegand.

„Ist das Haus mit Benzin angezündet worden?", fragte ich.

„Warum haben Sie nach Möglichkeiten im Netz gesucht, wie man am besten einen Brand legt? Ist Ihnen das Geld ausgegangen? Haben Sie sich mit dem Haus übernommen?"

„Nein, nein, nein. Warum fragen Sie mich das? Warum sitzt hier nicht auch mein Mann? Wir haben das Haus doch gemeinsam gekauft."

„Keine Sorge, Ihren Mann werden wir ebenfalls befragen. Allerdings haben wir Ihren Kauf- und Bankunterlagen entnommen, dass ein Großteil der Kaufsumme von Ihnen aufgebracht wurde. Woher hatten Sie denn so viel Geld? Haben Sie im Lotto gewonnen?"

Ich wollte schon sagen, dass sie das einen Scheißdreck anginge, aber biss mir auf die Zunge. „Meine Eltern haben uns das Geld gegeben. Als vorgezogenes Erbe."

„So viel Geld? Schön, wenn man reiche Eltern hat!"

„Meine Eltern sind nicht reich, sie haben das Geld als Altersvorsorge angelegt gehabt und jahrzehntelang gespart, was denken Sie denn."

„Und dann haben sie es Ihnen trotzdem gegeben. Und was ist nun mit der Altersvorsorge?“

„Wir haben einen Vertrag geschlossen, dass wir ihnen später monatlich eine bestimmte Summe auszahlen. Im Moment bekommt man auf keiner Bank vernünftige Zinsen. Da fanden sie es besser, wenn wir mit dem Geld jetzt etwas Wertbeständiges kaufen und ihre Enkelkinder etwas davon haben und in einem schönen, großen Haus in einer guten Gegend aufwachsen.“

„Aber plötzlich verstehen Sie sich nicht mehr so richtig gut mit Ihrem Mann, nicht wahr?“

„Mein Mann und ich verstehen uns sehr gut!“ Selbst in meinen eigenen Ohren klang das wie eine Lüge.

„Haben Sie deshalb so lange damit gewartet, bis Ihre Eltern im Urlaub waren? Um ihnen den Schock zu ersparen?“

„Bitte, ich möchte jetzt gehen!“

„Das waren Sie doch, die diese Website aufgerufen hat?“, fragte Markus Wiegand und legte mir ein Blatt Papier vor die Nase. Ich sah oben auf das Datum: 28. Juli. „Wie entsteht eine Gasexplosion?“

Ich nickte.

„Und die hier? Die zehn häufigsten Brandursachen. Oder die hier: Was braucht es, um zu brennen? Ist es nicht richtig, dass Sie am 28. Juli so ziemlich jede Website aufgerufen haben, die sich mit jeder Art von Bränden, vom Kabelbrand bis zur Trockner- oder Gasexplosion beschäftigt?“

„Ja, das habe ich getan. Na und? Ist das verboten?“

„Nein, das ist nicht verboten. Aber stimmt es nicht, dass Sie danach, also konkret am 29. Juli, Ihren Versicherungsvertreter angerufen und ihn ausgefragt haben, was Ihre Versicherung in einem Brandfall abdeckt? Und stimmt es nicht, dass Sie bereits im Juni bei Ihrer Versicherung Ihre Schadenssumme heraufgesetzt haben?"

„Ja, das ist richtig, aber das habe ich doch erklärt. Ich hatte Angst nach diesen Briefen. Ich hatte eine Scheißangst." Ich brach erneut in Tränen aus.

„Wer ist Ihnen bei Ihren Vorbereitungen in die Quere gekommen? Sind Sie dabei beobachtet worden, wie Sie den Brand legen wollten, und haben Sie deshalb den Mann im Keller eingeschlossen?"

„Was denn, wollen Sie mir etwa auch noch einen Mord anhängen? Ich habe keine Ahnung, wer der Tote in unserem Keller war!"

„Haben Sie das alleine ausgeheckt, oder war Ihr Mann daran beteiligt?"

„Weder noch!"

„Hoffe du bist in Usedom alles okay. Ist das eine WhatsApp-Nachricht von Ihnen?"

„Ich war viel zu aufgeregt für Satzzeichen, wollte wissen, ob bei ihm alles okay ist. Ich habe das diktiert, nicht getippt. Was hätten Sie denn gedacht?"

Die hatten also unsere Telefonate und WhatsApp-Nachrichten gecheckt. Durften die das?

Ich wandte mich an Anne Gehlhaar. „Ist das eigentlich erlaubt, dass sie private Nachrichten lesen und meinen Browserverlauf überprüfen?"

„Ja", sagte Anne Gehlhaar. „Wenn ein Richter das angeordnet hat, dann ist das okay. Aber mal eine ganz einfache Frage: Ist meine Mandantin nun eine Zeugin oder eine Beschuldigte?“

„Ich fürchte, sie ist gerade eine Beschuldigte geworden“, sagte Christian Jentsch sanft. Und er sah dabei aus, als ob es ihm tatsächlich leidtäte.

„Was heißt das?“

„Das heißt, dass wir Sie beschuldigen, den Brand Ihrer Villa in der Burgunder Straße in Nikolassee mittels Kerzen und Manipulation an Gasleitungen an mindestens zwei verschiedenen Stellen verursacht zu haben.“

„Was?“ Ich schrie es. „Was soll das heißen?“

„Das heißt, dass wir Sie leider hierbehalten müssen.“

„Wieso? Ich habe doch nichts getan! Ich muss mich um meine Kinder kümmern. Meine Eltern kommen erst morgen zurück! Ich kann nicht hierbleiben, ich tue doch nichts, ich will nach Hause, bitte!“

„Frau Wöhrmann, so leid es uns tut, wir nehmen Sie vorläufig fest wegen schwerer Brandstiftung.“

„Wie, dürfen die das, Frau Gehlhaar? So tun Sie doch was, ich kann nicht hierbleiben! Ich kann nicht!“

„Ich fürchte, Sie müssen. Die Polizei kann Sie bis morgen um Mitternacht ohne richterlichen Beschluss in Gewahrsam nehmen.“

„Aber warum? Weshalb? Um Gottes willen, meine Kinder, meine Eltern, das geht doch nicht!“, rief ich.

Markus Wiegand nahm das Telefon und bat darum, dass ich erkennungsdienstlich behandelt und in Gewahrsam genommen werde.

„Sie dürfen mich nicht festnehmen, ich habe nichts getan!“ Ich war aufgestanden und schrie wie eine Furie. Was dachten die sich eigentlich? Mir liefen die Tränen hinunter. Ich konnte keinen klaren Gedanken mehr fassen.

„Wir werden Sie sicherlich bald noch einmal sprechen“, sagte Markus Wiegand. Am liebsten hätte ich diesem fiesen Kerl ins Gesicht gespuckt. Erst taten die auf freundlich, und dann setzten die mich fest. „Sagen Sie meinem Mann Bescheid“, sagte ich leise.

„Ihr Mann wird gerade ebenfalls zu uns gebracht.“

„Und meine Kinder, wo sind meine Kinder?“

„Das weiß ich nicht“, sagte Christian Jentsch. In dem Moment ging die Tür auf, und ein Uniformierter trat ein.

„Frau Gehlhaar, ich muss wissen, wo meine Kinder sind. Einer muss sich um die Kinder kümmern. Und bitte, unterrichten Sie meine Eltern, wenn sie zurück aus dem Urlaub sind! Bitte, helfen Sie mir“, flehte ich.

Ich wurde abgeführt. Die Zelle, in die sie mich sperrten, war wohl das, was man nicht suizidgefährdend nannte. Ich legte mich auf die blanke Stahlliege und starrte in die taghelle Lampe, die mir von der Decke ins Gesicht leuchtete. Kein Fenster, keine Gitter. Nichts, worüber man sich aufregen konnte, klinisch rein wie ein Schlachthaus. Eigentlich hätte ich Hunger haben müssen, aber ich war viel zu kraftlos, um an so etwas zu denken. Der einzige Gedanke, den ich hatte, war: Was ist mit meinen Kindern?

Was dann kam, war so entwürdigend, dass ich kurz davor war zu beißen, zu spucken und zu kratzen. Man nahm mir mein Sommerkleid ab und steckte mich in eine Art grauen Trainingsanzug, der so kratzig war, dass ich Angst hatte,

Ausschlag zu bekommen. Dann wurde ich „erkennungsdienstlich" untersucht: Man vermaß mich wie früher beim Kinderarzt, nahm meine DNA und meine Fingerabdrücke, es wurden Fotos von mir gemacht, auf denen ich mit Sicherheit aussah wie eine Serienmörderin.

Ich weiß nicht, was sie damit bezweckten – wollten sie mir das Rückgrat brechen, wollten sie mich mürbe machen, glaubten sie, dass ich etwas zu verbergen hatte? Was war mit meinem Mann? Wo waren meine Kinder? Die Gedanken in meinem Kopf beschleunigten auf zweihundert Stundenkilometer. Ich hatte doch nicht gelogen. Sie hatten mich bestimmte Dinge einfach nicht gefragt. Und wenn ich als Frau eines Anwalts etwas gelernt hatte, dann, dass man nicht auf ungefragte Fragen antwortete. Im Nachhinein musste ich feststellen, dass ich in mancher Beziehung einfach zu naiv gewesen war. Ich hatte mir das Grab, in dem sie mich beerdigen wollten, ganz allein geschaufelt. Aber wie sollte ich da jemals wieder herauskommen? Und wer um Himmels willen war der Tote in unserem Keller?

Ich weiß nicht, wie lange ich auf dieser harten Stahlliege ausgeharrt habe. Irgendwann hörte ich einen Schlüssel. Ein Uniformierter öffnete die Tür und sagte: „Kommen Sie."

Und wieder wurde ich in diesen Raum geführt, Christian Jentsch und Markus Wiegand wollten mich erneut verhören. Sie hatten Anne bereits verständigt, so dass wir uns vollzählig wiedertrafen inklusive der Protokollführerin, deren Namen ich vergessen hatte.

„Und noch einmal von vorn! Wer ist der Tote in Ihrem Keller?"

„Ich weiß es nicht, ich weiß es nicht, ich weiß es nicht." Wie oft sollte ich denn das noch wiederholen.

„Gab es jemanden, der Sie gehasst hat, jemand, der Ihnen schaden wollte?"

„Der Beschützer."

„Und Sie haben immer noch keine Idee, wer der Beschützer sein könnte?"

„Wir zermartern uns seit Monaten den Kopf. Ich weiß es nicht!"

„Gibt es jemanden, den Sie hassen?"

„Man kann nur jemanden hassen, den man mal geliebt hat. Nein, ich habe den Mann geheiratet, den ich liebe, davor war nichts Weltbewegendes, es gibt niemanden, dessen Liebe ich enttäuscht hätte."

Vermutlich hatten sie inzwischen meinen Mann verhört, so dass sie mir jetzt die gleichen Fragen stellen konnten wie ihm. Ich war mir sicher, dass wir die gleichen Antworten gaben.

„Frau Wöhrmann, es tut uns leid. Wir verhaften Sie wegen des Verdachts auf schwere Brandstiftung und Freiheitsberaubung mit Todesfolge." Und dann kam dieser ganze Sermon, von wegen meiner Rechte. Meine Anwältin saß dabei, während mir vor Schreck die Luft wegblieb.

Als sie mir den richterlichen Haftbefehl vorlegten, verstand ich, dass die ganze Befragung einfach eine Farce war. Ich konnte sagen, was ich wollte, es hätte an der Situation nichts geändert. Denn den Haftbefehl hatten sie bereits erwirkt, als ich noch in der Gewahrsamszelle mit meinem Schicksal haderte.

Diesmal schrie ich nicht. Diesmal blieb ich ganz ruhig. Ich sah Anne an. „Bitte, kümmern Sie sich um meine Kinder. Meine Eltern müssten morgen zurück aus dem Urlaub kommen, bitte informieren Sie meine Eltern über das Geschehene und bringen Sie meine Kinder zu ihnen." Irgendwie ging ich davon aus, dass man auch Andreas verhaften würde.

Anne Gehlhaar versprach, ihr Bestes zu tun.

August:
JVA Lichtenberg

Und so bin ich in dieser Zelle in Lichtenberg gelandet. Die ganzen alten Geschichten fielen mir im Lauf der Tage wieder ein. Die JVA war nämlich ein berüchtigter Stasiknast, in dem der KGB so manchen missliebigen Bürger hat hinrichten lassen. Niemals hätte ich mir vorstellen können, dass ich mal selbst hier einsitzen würde. Hing dieser ungute Geist immer noch in dem alten Gemäuer fest, nur mühsam übertüncht in Mintgrün und Hellgrau?

Man hat mich mit einer Wanne hierhergebracht und in einen gefliesten Raum geführt, wo ich mit einer drogenabhängigen Prostituierten stundenlang auf die ärztliche Kontrolle warten musste. Von der Prostituierten habe ich erfahren, dass im Frauengefängnis Lichtenberg außer den Untersuchungshäftlingen nur drogenabhängige Straftäterinnen einsitzen, die anderen werden auf die anderen Frauenhaftanstalten wie zum Beispiel nach Pankow verteilt. Und ich habe gelernt, dass Lichtenberg heillos überbelegt ist.

Die ärztliche Untersuchung nahm mir meine Restwürde, obwohl die Ärztin durchaus freundlich war. Dennoch war ich danach ein seelisches Wrack. Erst ausziehen, dann reden.

Am Ende des Tages kam ich in meine Zelle, die komfortabler war, als ich erwartet hatte. Die Untersuchungshäftlinge sind in Wohngruppen untergebracht. Elf Frauen, gemeinsam eingeschlossen, gemeinsam den Mühlen der Justiz ausgeliefert. Von den Mühlen der Gerechtigkeit will ich gar nicht sprechen.

August:
JVA-Besuch

In der Nacht dreht sich das Gedankenkarussell. Wer ist der Beschützer, und wer ist der Tote in unserer Villa? Wer hat unser Haus abgefackelt? Die Handwerkerfirmen wurden von der Polizei rasch ausgeschlossen, die Brandermittler haben eindeutig Brandstiftung und nicht ein technisches Versagen festgestellt.

Ich gehe in Gedanken noch mal die Erzählungen von den Genskes durch. Die alte Frau Siebenschuh kann ich getrost abhaken, aber was ist mit ihrem Sohn mit dem Tourette-Syndrom? Hat er nur einen Tick oder ist er schizophren? Dann käme er als Beschützer in Frage. Aber als Leiche im Keller kann ich alle Nachbarn getrost vergessen, wenn jemand in der Nachbarschaft vermisst würde, hätte die Polizei das erfahren. Was ist mit den merkwürdigen Schumanns und ihrem stinkenden Komposthaufen, mit denen die Genskes wohl einen Strauß ausgefochten haben? Was hätten sie davon, uns zu drangsalieren? Auf Dauer würden sie nicht verhindern können, neue Nachbarn zu bekommen. Und die Löbels? Rita Löbel ist die Einzige, die ich bislang gesehen habe. Sie hat bei uns geklingelt, weil Balu ihre Nachtruhe gestört hatte. Nein, Rita Löbel kommt nicht in Frage: eine Dame vom fein ondulierten weißen Schopf bis zur Lackschuhsohle. Bei dreißig Grad im Schatten trug die Frau ein beigefarbenes Samtjäckchen über einer Schleifchenbluse. Sie hatte ein entschuldigendes Lächeln auf den Lippen und war sehr freundlich. Ich habe mich sogar geschämt, weil wir uns noch nicht vorgestellt hatten. Aber es war uns falsch vorgekommen, wir hätten jeden unserer Nachbarn mit Argusaugen angeschaut und überlegt, ist er es oder nicht. Kein guter Start in eine angenehme Nachbarschaft.

Am Vormittag bekomme ich Besuch von meiner Rechtsanwältin Anne Gehlhaar. Sie hat mir frische Kleidung, Unterwäsche und Kosmetik mitgebracht, die sie allerdings bei der Anstaltsleitung abgeben musste, damit diese überprüft werden kann. Ich bin ihr unendlich dankbar.

„Danke, dass Sie sich um meine Kinder gekümmert haben", sage ich.

„Aber natürlich. Ich war auch bei Ihren Eltern und habe sie so sanft wie möglich über die Situation aufgeklärt."

„Wie geht es Andreas?"

„Ich schätze, er wird keine Besuchserlaubnis bekommen."

„Man hat ihn nicht verhaftet?"

„Nein, es liegt kein Haftgrund vor, er war zur Zeit des Brandes nachweislich in Zinnowitz. Aber er steht natürlich im Verdacht, mit Ihnen gemeinschaftlich den Brand geplant zu haben. Die Staatsanwaltschaft hat Einsicht in die Rechner der Kanzlei beantragt."

„Dürfen die das?"

„Ja, das ist nur ein etwas komplizierteres Verfahren."

„Ich hoffe, dass Andreas nicht Ärger in der Kanzlei bekommt wegen der Sache."

„Wir sind uns alle einig, dass Sie beide keine Schuld haben. Aber schön ist das natürlich nicht, und ich kann nicht ausschließen, dass das auch negative Konsequenzen für Andreas hat, beispielsweise, wenn ein Mandant abspringt."

Irgendetwas in meinem Magen grummelt. Wenn ich nur wüsste, was es ist. Ich lehne mich zurück in meinem Stuhl und betrachte meinen Rechtsbeistand. Will sie mir nicht noch etwas erzählen? Nein, will sie offenbar nicht. Ich frage sie, ob es noch etwas zu besprechen gäbe.

„Von mir aus nicht", sagt sie.

„Ich habe nur noch eine Frage. Wann holen Sie mich hier raus?"

„Bald, hoffe ich, sehr bald." Sie steht auf.

Und da weiß ich plötzlich, wieso es in meinem Magen grummelt.

„Woher wussten Sie eigentlich, dass mein Mann in Zinnowitz war?", frage ich sie.

Sie dreht sich um. „Weil, äh, weil er es gesagt hat?"

„Nein, das hat er nicht, er hat immer nur von Usedom gesprochen."

Anne Gehlhaar betrachtet mich. Sie scheint zu überlegen. Als die Pause zu lang wird, sagt sie: „Es ist mein Ferienhaus. Also das von meinen Eltern, um genau zu sein."

Ich nicke. Sie lässt die Tür zum Anwaltszimmer aufschließen.

„Bis bald", sagt sie.

„Ja. Bis bald."

August:
JVA Lichtenberg

Ich lege mich in meiner Zelle auf das schmale Bett und starre an die graue Decke. Anne hat ihm also das Ferienhaus überlassen. Hat das etwas zu bedeuten? Claudia, sage ich mir, du hattest die ganze Zeit ein blödes Gefühl. Haben die beiden ein Verhältnis?

Und wieder wandern meine Gedanken zurück, es ist, als hätte ich die falsche Karte beim Monopoly gezogen: Gehe zurück auf LOS.

Monat für Monat, Woche für Woche nehme ich unsere Ehe unter die Lupe. Wann fing es an, schiefzugehen? Bis April war noch alles in Ordnung, wir schwebten bis zum Übergabetermin auf watteweichen Wolken von Zukunftsträumen. Auch der Zustand des Hauses hat uns nicht auseinanderdividiert, wir haben versucht, den Anforderungen gemeinsam gerecht zu werden.

Mit dem ersten Brief fingen unsere Schwierigkeiten an. Der erste Brief kam Mitte April. Was hat Anne bei unserer ersten Begegnung gesagt? Sie sei nach ihrer Scheidung letztes Jahr wieder nach Berlin zurückgekommen.

Je mehr Briefe kamen, desto mehr zog Andreas sich zurück. Oder zog er sich zurück, weil ich so hysterisch reagiert habe? Ist er in seiner Verzweiflung zu seiner Kollegin gekrochen und hat ihr sein Leid geklagt?

Oder hat er sich einfach nur beraten lassen? Was würde ich tun, wenn ich in einer Kanzlei mit einem Strafverteidiger sitzen würde? Ich würde die rechtlichen Konsequenzen mit meinem Kollegen durchsprechen. Also alles normal. Oder?

Nein, verdammt, es war nicht normal. Es ist einfach nicht normal, dass ein Mann sich von seiner Ehefrau entfernt, während es der Frau immer schlechter geht.

Cui bono? Das genau war es doch, was wir uns immer wieder nach den Briefen gefragt haben. Wer hat etwas davon, dass ich durchdrehe? Der einzige Mensch, der sich daraus einen Vorteil versprechen könnte, wäre eine Geliebte von Andreas.

War Anne die Geliebte von Andreas?

August:
JVA-Anträge

Als Erstes habe ich den Antrag gestellt, telefonieren zu dürfen. Und so erlaubt man mir, dass ich heute ein Telefonat führen darf. Ein einziges. Ich rufe meine Eltern an.

„Liebes, da bist du ja!", sagt meine Mutter. Im Hintergrund hörte ich Kinderlachen. „Die Kinder sind also bei euch?", frage ich überflüssigerweise.

„Alles okay, Liebes, Lina und Finn geht es gut. Andreas hat sie uns gebracht, er hat so vieles zu erledigen."

„Wie geht es euch?", frage ich.

„Völlig uninteressant, wir sind okay, was ist mit dir? Wie geht es dir?"

„Mama, ich bin jetzt in der JVA Lichtenberg."

„Das wissen wir. Wie können wir dich besuchen? Brauchst du was?" Meine Mama, der Fels in der Brandung.

„Das ist nicht so einfach, schau mal bitte ins Internet, da steht bestimmt, wie ihr wann zu mir kommen und was ihr mir mitbringen dürft. Ich brauche Klamotten, Unterwäsche und Handtücher. Hat Andreas euch erzählt, was passiert ist?"

„Warum hast du uns nichts davon gesagt? Wir wären doch sofort wieder nach Hause gekommen."

„Eben deshalb haben wir nichts gesagt. Eben deshalb!"

„Und ihr habt keine Ahnung, wer der Tote sein könnte?", fragt mein Vater, der sich zu dem Gespräch dazugeschaltet hat.

„Hallo, Paps! Nein, nicht die geringste. Es ist alles so verworren!" Es tut so gut, die Stimmen meiner Eltern zu hören. „Was habt ihr oder Andreas den Kindern erzählt?", frage ich. Ich selbst wüsste nicht, was ich meinen Kindern sagen sollte, wenn Andreas verhaftet worden wäre.

„Dass Mami dabei helfen muss, den Brandstifter von eurer Villa zu finden, und deshalb mit der Polizei mitgehen musste", sagt meine Mutter.

„Erinnerst du dich an meinen alten Freund Reinhard Fellner?", grätscht mein Vater dazwischen. Er hört sich etwas atemlos an, sicher ist er zum Telefon gestürzt, als es geklingelt hat. Mein Vater ist zwar schon jenseits der Pensionsgrenze, aber arbeitet immer noch jeden Tag seine zehn Stunden. „Mein Beruf ist mein Leben", hat er mal gesagt, als ich ihn fragte, ob er sich nicht mal zur Ruhe setzen und sein Steuerberatungsbüro einem Nachfolger verkaufen will. Die Arbeit scheint ihn jung zu halten, er sieht weder aus wie siebenundsechzig, noch hört er sich so an.

Ich überlege. „Ja klar, der Onkel Reini!" Vor meinem inneren Auge taucht ein großer, korpulenter Mann mit einem viel zu roten Gesicht und einer wunderbar tiefen Stimme auf. „War das nicht ein Schulkamerad von dir?"

„Ja, Reini ist mal bei der Kriminalpolizei gewesen."

Ich nicke. Das ist so typisch mein Vater. Wenn Tochter in Gefahr ist, werden alle Beziehungen angezapft.

„Der wird mir auch nicht mehr helfen können."

„Wir versuchen schon seit gestern Abend, ihn zu erreichen", sagt meine Mutter. „Wir hatten ihn engagiert, bevor wir abgefahren sind."

„Ihr habt ihn – wozu?"

„Entsinnst du dich an den Tag, als du mit Andreas bei uns warst, nachdem ihn der Hund gebissen hatte?", fragt meine Mutter.

„Oh mein Gott, ja."

„Wir hatten beide ein verdammt schlechtes Gefühl."

„Kein Wunder, nach den Briefen."

„Wir haben gesehen, wie dich das alles belastet hat, und wir haben auch gesehen, wie das eure Beziehung belastet hat."

Meinen Eltern entgeht nichts. Meine ganze Jugend habe ich darunter gelitten.

„Na ja, also, wir haben dann darüber diskutiert, wie wir dir helfen könnten. Das mit dem Briefschreiber konnte doch nur jemand sein, der ein persönliches Motiv hat. Wer glaubt denn so einen Mist. Und dann sind wir auf die Idee gekommen, Onkel Reini zu bitten, ganz dezent zu ermitteln."

„Wir haben ihm den Code von dem Haus gegeben!", sagt mein Vater.

„Papa! Um Gottes willen, du meinst, der Tote im Keller könnte Onkel Reini sein!" Mir wird ganz heiß.

„Hast du eine andere Idee?"

„Au weia!", sage ich. „Wieso habt ihr uns denn darüber nicht informiert, verdammt?"

„Weil du nicht damit einverstanden gewesen wärst, dass wir deinen Ehemann unter die Lupe nehmen wollten."

Mir klappt die Kinnlade runter. „Wie bitte? Ihr habt Andreas nachschnüffeln lassen?“

„Du hättest das niemals zugelassen. Aber es schien uns das Nächstliegende, dass dein Mann etwas damit zu tun hat. Zumindest indirekt.“

Es geht um viel Geld, denke ich, das sie uns zum Teil vorgeschossen und zum Teil geschenkt haben. Und ich habe immer geglaubt, dass meine Eltern meinen Ehemann vergötterten. „Was heißt indirekt?“, frage ich.

„Wir dachten, dass er vielleicht eine Freundin hat, die dich ärgern will“, sagt meine Mutter.

Im Moment weiß ich nicht, ob ich dankbar oder sauer sein soll. Dankbar, weil sie mit mir so solidarisch sind, oder sauer, weil sie sich so sehr in mein Leben einmischen.

„Habt ihr denn schon irgendwelche Rückmeldungen von Onkel Reini bekommen?“, frage ich.

„Nein, noch nicht. Wie du weißt, wollten wir mal vier Wochen auf Internet und Mails verzichten. Ich sitze seit heute früh daran, alle Mails zu checken, aber es sind Hunderte, das dauert“, sagt mein Vater. „Reinhard hatte ja auch unsere Telefonnummer.“

„Wir haben das heute früh deiner Rechtsanwältin gesagt, damit sie der Polizei einen entsprechenden Hinweis geben kann“, ergänzt Mama.

„Habt ihr das auch Andreas erzählt?“

Das Schweigen am anderen Ende der Leitung wird laut.

„Nein“, sagt meine Mutter, „nein, das haben wir nicht.“

Sie verdächtigen also eindeutig meinen Mann.

„Papa, fahr sofort zu Onkel Reini und schau nach, ob es

ihm gut geht! Und falls er nicht da ist, befragt die Nachbarn, ob sie ihn gesehen haben. Vielleicht ist er ja verreist. Und wenn nicht, musst du sofort zur Polizei gehen, sofort, hörst du!“

„Ja“, sagt mein Vater. „Das wird wohl das Beste sein.“

Ich entsinne mich an Reinhard Fellner. Er hat ein altes rosafarbenes Haus mit Walmdach in Lichtenrade. Ein verwunschenes Haus mit einem herrlich verwilderten Garten, in dessen Bäumen Eulen hängen. Onkel Reini sammelt Eulenfiguren. Ich weiß noch, dass ich als Kind mit meinen Eltern zu Gartenfesten dort eingeladen war. Ich war völlig fasziniert von seinem Garten. Damals war Onkel Reini noch verheiratet, allerdings war nicht nur seine erste Ehe seinem Beruf zum Opfer gefallen.

„Ist er verheiratet oder lebt er mit irgendjemandem zusammen?“, frage ich meinen Vater.

„Ich glaube, dass er im Moment alleine ist. So eng sind wir nicht mehr miteinander, man lebt sich im Laufe seines Lebens einfach auseinander.“

„Wie oft war er eigentlich verheiratet?“

„Dreimal, und dazwischen gab es auch noch einige feste Beziehungen. Aber Reinhard ist kein Ehemann, er ist mehr der Typ einsamer Wolf.“

„Papa, keine Zeit verschwenden! Fahr los, und gib mir unbedingt Bescheid, ob du ihn angetroffen hast.“

Mir ist ganz schlecht geworden. Was, wenn der Tote wirklich Onkel Reini ist? Das würden sich meine Eltern nie verzeihen.

August:
JVA-Gedanken

Hat Andreas eine Geliebte? Zumindest war es wohl genau das, was meine lieben Eltern geglaubt hatten und weshalb sie ihm einen Detektiv auf den Hals gehetzt haben. Mir war ja selbst schon der Gedanken gekommen, dass mein Mann fremdgeht. Allerdings habe ich im Gegensatz zu meinen Eltern den Beschützer nicht in diesem Zusammenhang gesehen, sondern befürchtet, dass die Briefe meinen Mann und mich entfremdet hätten und er sich deshalb eine Geliebte angeschafft habe.

Ich liege in meiner Zelle auf dem schmalen Bett, und der Rhythmus meines pulsierenden Blutes ruft: Anne, Anne, Anne.

Je länger ich darüber nachdenke, desto klarer wird es. Ich muss blind gewesen sein: Anne Gehlhaar ist die Geliebte von Andreas. Sie arbeiten zusammen in einer Kanzlei, sie sehen sich jeden Tag, er vertraut ihr. Und wenn ich jetzt der Logik meiner Eltern folge, dann ist die Geliebte auch die Schreiberin der Briefe.

Ich erinnere mich an unsere erste Begegnung. Ich hatte sie nicht als Rechtsanwältin haben wollen. Fühlte ich mich einfach nur entmündigt, war ich eifersüchtig oder was war es gewesen? Ich gehe in Gedanken unser Gespräch noch einmal durch. Das Grummeln in meinem Magen war irgendwann unerträglich laut geworden. Und dann entsinne ich mich an ihre Bemerkung, als es darum ging, ob wir irgendwo herumgepfuscht haben: „Rechtsanwälte sind ja nicht gerade für ihre handwerklichen Fähigkeiten bekannt." Hatte das Gleiche nicht wortwörtlich in dem ersten Brief gestanden, den wir vom „Beschützer" bekommen hatten? Zufall? Nein.

Es fällt mir wie Schuppen von den Augen: Anne Gehlhaar ist nicht nur die Geliebte von Andreas, sondern auch der „Beschützer". Die Geliebte will mich vernichten.

Ich drehe mich stöhnend auf die andere Seite. Meine Rechtsanwältin will meinen Mann für sich allein. Und ich sitze hier in einer Zelle und bin machtlos. Denn wie soll ich von hier aus gegen sie kämpfen? Sie lässt mich hier versauern bis zum Sankt Nimmerleinstag, zumindest aber bis zu meinem Prozess. Den ich selbstverständlich verlieren werde. Sie ist schließlich mein Rechtsbeistand.

Und Andreas? Haben die beiden etwa gemeinsam die Sache ausgeheckt? Wenn nicht, dann muss er doch geahnt haben, dass seine Geliebte diejenige ist, die freies Schussfeld braucht.

Ich wälze mich zurück. Nein, nein, nein. Das mit Andreas glaube ich nicht. Mein Mann ist zwar ein nüchterner, sachlicher Typ, aber er ist ganz sicher nicht dumm. Offensichtlich haben die Brandexperten einwandfrei Brandstiftung festgestellt. Bei Brandstiftung zahlt die Versicherung keinen Cent! Das hätte mein Mann niemals so geplant. Ich traue ihm ein Verhältnis zu, sogar eine Straftat, aber nicht so eine riesengroße Dummheit.

Zinnowitz! Schon als sie das erste Mal Zinnowitz erwähnt hat, hatte ich ein ungutes Gefühl im Magen. Warum nur? Ich war noch nie in Zinnowitz, ich habe nicht mal eine Ahnung davon, dass der Ort auf Usedom liegt, da ich auch noch nie in Usedom war.

Ich springe von meiner Pritsche auf und lasse frische Luft in meine Zelle. Also das, was man hier frische Luft nennt, denn die Luft kommt aus dem Innenhof, der zu allen Seiten zugebaut ist. Ich bin so aufgeregt, dass ich ganz nasse Hände habe. Zinnowitz, was war bloß in Zinnowitz?

Es muss etwas sein, was ich nicht wissen will, was ich vergessen oder verdrängt habe, weil es nicht wichtig war. Das menschliche Gehirn formatiert von Tag zu Tag seine Festplatte neu, damit sie nicht überläuft bei all den nutzlosen Informationen. Es ist irgendetwas mit Andreas.

Vielleicht verbindet die beiden ja etwas anderes. Vergangenheit. Die beiden sind doch ungefähr gleich alt … Was hat sie noch mal gesagt? Claudia, konzentriere dich. Wörtlich! „Ich bin nach meiner Scheidung Ende letzten Jahres wieder zurück nach Berlin gekommen.“ Mitte Januar haben wir beim Notar unsere Villa gekauft. Zurückgekommen. Sie war also schon mal in Berlin. Wenn die beiden jetzt kein Verhältnis haben, vielleicht gab es ja eins in der Vergangenheit.

Andreas und ich haben uns alles von unseren ehemaligen Liebhabern erzählt, also nichts wirklich Intimes, aber mit wem wir zusammen gewesen sind und warum es zu Ende ging.

Denk nach, Claudia! Andreas hat mir von seiner Jugendliebe Gretel erzählt. An den Namen kann ich mich noch erinnern, weil ich den so doof fand. Wie Hänsel und Gretel, habe ich damals lachend gesagt. Sie sind zusammen zur Schule gegangen und haben auch zusammen studiert. Gretel hat ihn verlassen, zugunsten eines Mediziners, den sie Knall auf Fall nach einem Urlaub geheiratet hat. Ich höre ihn noch sagen: „Danach hatte ich von den Frauen eine Weile die Nase voll.“

Als nächste feste Freundin kam eine Kirsten, wenn ich mich recht erinnere. Die hat er nach drei Jahren verlassen, weil er Laura kennengelernt hatte. Das mit Laura war wohl eine Amour fou, auf jeden Fall trennten sich die beiden mehrmals und kamen immer wieder zusammen. Bis Andreas und ich uns trafen.

Es war auf einer Gartenparty bei einem Kollegen aus der Radiologie im Martin-Luther-Krankenhaus, wo ich damals gearbeitet habe. Man kann nicht gerade von Liebe auf den ersten Blick sprechen, denn Andreas kam so was von muffelig herüber, dass ich ihm an diesem Abend am liebsten das lauwarme Bier, das ich in der Hand hielt, über den Kopf geschüttet hätte. Wie ich von meinem Kollegen erfuhr, hatte er sich gerade mal wieder von Laura getrennt, das Verhältnis zwischen den beiden gab im Freundeskreis Anlass zu allerlei Frotzeleien.

Am Anfang war ich wohl für Andreas eine Art Notnagel, die Frau, mit der er Laura ärgern konnte. Bis wir beide verstanden hatten, dass wir auf der gleichen Wellenlänge funken.

Aber Laura kenne ich, sie hat uns mal vor seiner damaligen Wohnung aufgelauert. Laura ist eindeutig nicht Anne.

Also das mit der Verbindung aus der Vergangenheit kann ich haken, sage ich mir. Allerdings habe ich gelernt, auf mein Magengrummeln zu hören. Ich habe mein Unterbewusstsein jetzt auf Zinnowitz angesetzt, ich werde dahinterkommen, was mein Magen mir damit sagen will.

Noch eins ist mir sauer aufgestoßen! Meine Mutter hat mir erzählt, dass sie Reinhard Fellner mit Recherchen beauftragt hatte. Und dass sie das auch sofort meiner Rechtsanwältin erzählt habe. Warum hat Anne mir davon nichts berichtet? Wollte sie keine unnützen Hoffnungen schüren? Hat sie es schlicht vergessen? Nein, so eine Information vergisst man nicht. Niemals.

Ich halte es nicht mehr in meiner Zelle aus. Zum ersten Mal gehe ich in den Gruppenraum. Vier Frauen sitzen da und unterhalten sich, in der Ecke läuft ein Fernseher. Niemand hört zu. Ich kenne die Frauen vom Hofgang, wir sind zusammen hier eingeschlossen, aber das ist auch so ziemlich das Einzige, was uns verbindet. Eine der Frauen ist die drogenabhängige Prostituierte, mit der ich zusammen in dem gefliesten Raum auf die ärztliche Untersuchung gewartet habe. Auch die anderen drei Frauen sind viel jünger als ich, trotzdem hat das Leben in den Gesichtern bereits unschöne Spuren hinterlassen. Ich will mich nicht unterhalten, alles, was ich suche, ist ein wenig Ablenkung. Also hocke ich mich auf das Sofa und starre in den Fernseher.

Es läuft irgendein Magazin auf rbb, das Kurznachrichten aus Berlin und Brandenburg sendet. Es wird über die Geburt eines Nashornbabys im Zoo berichtet. Wie süß, das wird meinen Kindern gefallen, denke ich.

„Bei einer Gasexplosion in Lichtenrade hat es einen Schwerverletzten gegeben …"

Ich sehe ein brennendes Haus, davor steht ein Löschzug. Aus dem Walmdach schlagen Flammen, die rosafarbenen Wände sind zum Teil kohlrabenschwarz vom Rauch.

„Onkel Reini!", rufe ich aufgeregt. Das Geschnatter der Frauen in der Ecke verstummt. „Was?"

„Das ist das Haus von meinem Onkel", sage ich und springe auf. Denn in dem Moment fällt mir ein, dass mein Vater bei Onkel Reini nach dem Rechten sehen wollte. „Ich muss telefonieren!", schreie ich.

Die Frauen lachen. „Haste einen Antrag gestellt, Süße?"

Ich renne hinaus und suche eine der Aufseherinnen. Es ist niemand zu sehen. Da hilft nur eins: Schreien! Ich schreie die ganze Wohngemeinschaft zusammen. In null Komma nichts ist eine Aufseherin da. „Hey, was ist los, was soll das?"

„Ich muss sofort telefonieren!", schreie ich. „Bitte, lassen Sie mich telefonieren!"

„Beruhige dich, Mädchen!", sagt die Aufseherin.

Ich bin viel zu aufgeregt, um mir das Mädchen zu verbitten. „Das Haus meines Onkels brennt, es kam eben in den Nachrichten. Bitte, mein Vater wollte heute dorthin, es hat einen Schwerverletzten gegeben, bitte, ich muss sofort mit meiner Mutter telefonieren!"

„Sie kennen doch die Vorschriften, ohne Antrag geht das nicht in der Untersuchungshaft. Sie wissen, dass das geprüft und genehmigt werden muss!"

„Bitte, bitte, ich konnte doch nicht wissen …" Mir laufen jetzt die Tränen herunter.

„Komm, ab in die Zelle. Beruhigen Sie sich erst mal. Morgen früh können Sie einen Antrag stellen."

„Gibt es denn keine andere Möglichkeit? Ich muss wissen, was mit meinem Vater ist!"

„Bin ich eine Langspielplatte oder was?", fragt mich die Aufseherin.

„Ich muss sofort einen Kripobeamten sprechen, ich glaube, ich weiß, wer das Feuer gelegt hat."

„Ja, ja, ist ja gut, morgen. Erst mal ordentlich ausschlafen, und morgen früh sieht die Welt schon wieder ganz anders aus."

„Ich will umgehend den Anstaltsleiter sprechen!"

„Klar, und ich will sofort mit dem Justizminister reden. Wie wäre es, wenn Sie jetzt schön brav in Ihrer Zelle verschwinden und hier nicht dem Rest der Menschheit auf die Nerven gehen."

„Hören Sie, ich bin kein Kleinkind. Was würden Sie denn tun, wenn Sie im Fernsehen sehen würden, dass das Haus, in dem Ihr Vater ist, gerade explodiert ist?"

„Sie werden doch anwaltlich vertreten, Sie können gern Ihren Anwalt anrufen. Dazu haben Sie jederzeit das Recht."

„Aber das ist es ja, meine Anwältin war es!"

„Die ersten Tage sind immer am schwersten", sagt die Aufseherin und führt mich am Arm zurück in meine Zelle.

Am liebsten würde ich ihre Hand abschütteln, würde mich wehren, aber ich fürchte, dass sie mich dann in eine Gummizelle stecken. Besser, ich reiße mich zusammen.

Sobald ich in meiner Zelle bin, höre ich, wie hinter mir die Tür zugeschlossen wird. Na, danke für die freundliche Sonderbehandlung. Ich bin so frustriert, dass ich gegen die Tür schlage.

Wie soll ich diese Nacht überstehen? Ich sterbe vor Sorge um meinen Vater.

Natürlich mache ich kein Auge zu. Meine Ohnmacht macht mich abwechselnd wütend und traurig. Ich bin so verzweifelt wie niemals zuvor in meinem Leben. Was soll ich nur tun?

Und dann beginnt das Gedankenmonopoly von vorn. Noch einmal ziehen die letzten Monate an meinem inneren Auge vorbei. Und wieder bleibe ich bei Zinnowitz stecken. Zinnowitz. Was war in Zinnowitz?

„Sie fuhr nach Zinnowitz zu ihren Eltern, danach hat sie mir gesagt, dass sie heiraten würde. Nicht mich, wohlbemerkt."

Das hat Andreas mir erzählt, damals, als wir unsere Abende damit verbrachten, uns gegenseitig unser Leben zu erzählen. Gretel. Gretel mit den Eltern in Zinnowitz. Hat Anne nicht gesagt, dass das Ferienhaus ihren Eltern gehören würde? Aber Gretel war Gretel und nicht Anne. Oder?

Annegret Kramp-Karrenbauer kommt mir in den Sinn.

Mein Gott, was war ich blöd, natürlich, Annegret, die als Jugendliche von allen Gretel gerufen wurde, die sich jetzt Anne nennt. Das musste man doch nachprüfen können. War sie die Jugendfreundin von Andreas? Und wenn ja, warum hat Andreas mir das nicht erzählt, wenn es so harmlos gewesen ist?

Ist Papa okay? Hat er vielleicht bei Onkel Reini geklingelt und dadurch die Gasexplosion ausgelöst? Oh bitte, lieber Gott, lass Papa nichts passiert sein. Und ist Onkel Reini verletzt oder gar der Tote im Keller unseres Hauses? Oder sehe ich jetzt schon Gespenster, und all das sind Produkte meiner überspannten Phantasie?

Während der Mond aufgeht, male ich mir Horrorszenarien aus. Und je farbiger die Bilder werden, desto ängstlicher werde ich. Gegen Morgen bin ich mir sicher: Meine Mutter ist in Gefahr! Denn sie hat die Nachforschungen beauftragt. Und jemand hat alle Beweise versucht zu vernichten. Allein die Tatsache, dass sie weiß, was sie beauftragt hat, bringt sie in Gefahr. Ich muss Mama warnen! Aber wie?

Als meine Tür aufgeschlossen wird, bin ich bereit zum Kampf.

August:
JVA-Direktion

Schlaflose Nächte haben einen Vorteil: Irgendwann hat man eine Idee, wie es gehen könnte. Ich bin so aufgeregt, dass ich nicht frühstücken kann, und sage zur Aufsicht: „Bitte, ich möchte mit den ermittelnden Beamten der Mordkommission sprechen, mir ist heute Nacht etwas eingefallen, was ich vergessen hatte."

„Sie haben das Recht, jederzeit Ihren Anwalt anzurufen", sagt die aufsichtführende Person, die man im Volksmund wohl Wärter nennt. Aber wir sind im Gefängnis und nicht im Zoo.

„Ich möchte bitte mit der Mordkommission sprechen." Bei dem Wort Mordkommission zucken hier sogar die Aufseherinnen zusammen, denn Mörderinnen in U-Haft sind so selten wie Regen in der Sahara. Die Frauen, die hier eingeliefert werden, sind meist Kleinkriminelle, drogenabhängige Frauen, die straffällig wurden, um ihre Sucht zu befriedigen. Arme Schweine, das jedenfalls ist mein in den letzten Tagen gewonnener Eindruck. Frauen, die ihren Ehemann in Notwehr erschlagen haben, sind wahrscheinlich die Einzigen, die hier jemals etwas mit der Mordkommission zu tun gehabt haben, allerdings pflegen solche Frauen im Normalfall direkt nach der Tat 110 zu wählen und neben dem Opfer auf die Polizei zu warten.

Wahrscheinlich ist der Wunsch nach einem Kontakt mit der Mordkommission für die Aufseherin ein Novum. Was bedeutet, dass sie nicht weiß, wie sie sich verhalten soll. „Warum rufen Sie nicht Ihren Anwalt an?"

Ich erspare mir eine Aussage wie gestern Abend, ich will nicht als „psychisch auffällig" eingestuft werden. „Bitte, ich muss dringend eine Aussage machen, meine Anwältin soll auch dazukommen, aber ich möchte vorher einen kurzen Anruf bei der Mordkommission machen."

„Das kann Ihre Anwältin machen!"

„Das kann sie nicht."

„Das muss vom Richter genehmigt werden, Sie müssen einen Antrag stellen." Die Aufseherin scheint am Ende ihres Lateins zu sein.

„Bitte fragen Sie doch den Anstaltsleiter, ob es nicht möglich ist, dass entweder ich einen Anruf bei der Mordkommission tätige oder aber jemand vom Personal."

„Ist gut", sagt sie und geht. Ich bin mir nicht sicher, ob sie damit gemeint hat, dass sie meine Bitte weiterleiten wird.

Mein Herz kann ich als Teppichklopfer vermieten. Ich sitze vor dem längst kalt gewordenen Tee und den unangetasteten Schwarzbrotstullen und warte.

Zu meinem Erstaunen werde ich nach gefühlten zwei Stunden abgeholt. „Wohin gehen wir?"

„Sie wollten doch mit der Anstaltsleiterin sprechen", sagt die Aufseherin. Ich folge ihr durch grau-grüne Flure,

Brandschutztüren werden auf und hinter uns wieder abgeschlossen. Der Weg scheint endlos, doch dann werde ich in ein Büro geführt, das aussieht wie ein ganz normales Sekretariat.

Die junge Frau am Schreibtisch hebt den Kopf. „Sie können gleich reingehen."

Die Aufseherin klopft.

„Herein!"

Und dann stehe ich im Allerheiligsten. Einen Gefängnisdirektor habe ich mir anders vorgestellt: Vor mir sitzt eine nett aussehende Frau um die vierzig. Nichts an ihr wirkt streng oder martialisch. Wie kommt eine ganz normale Frau dazu, Leiterin eines Gefängnisses zu werden? Am liebsten möchte ich sie das fragen.

„Nehmen Sie Platz. Frau Reimann sagte, Sie hätten ein Problem." Frau Reimann ist die Aufseherin. Sie bleibt neben meinem Stuhl stehen. Zur Sicherheit, denke ich.

„Ich möchte bitte mit dem Kriminalkommissar sprechen, der den Fall behandelt, in dem ich beschuldigt werde."

„Das ist sicher kein Problem, Ihr Anwalt wird das für Sie regeln."

„Doch, das ist ein Problem. Mir ist heute Nacht eingefallen, dass meine Anwältin selbst in den Fall involviert sein könnte. Deshalb möchte ich nicht, dass meine Anwältin die Herren von der Mordkommission zur Vernehmung bittet, sondern möchte eine Information vorab direkt an die Kriminalkommissare geben."

Die Anstaltsleiterin schaut mich nachdenklich an. „Das ist ganz und gar unüblich, müssen Sie wissen."

Immerhin, sie überlegt. „Es gibt hier keine Ausnahmen, Sie dürfen jederzeit mit Ihrem Anwalt sprechen, alles andere bedarf einer richterlichen Genehmigung. Sie müssen einen Antrag stellen. Die Gesetze sind dafür gemacht, dass es weder für Sie noch für uns später vor Gericht Unstimmigkeiten gibt."

Ich setze alles auf eine Karte: „Dieses Gesetz ist doch wohl dafür gemacht, dass von der JVA aus keine Verabredungen zu Straftaten abgesprochen werden oder die Anstiftung zur Vernichtung von Beweismitteln vorgenommen wird. Beide Fälle können Sie bei einem Anruf bei der Kripo doch ausschließen."

„Ich darf Ihnen aber auch nicht erlauben, sich selbst zu schaden."

„Ich muss einen Schaden von meiner Familie abwenden, ich fürchte, sie sind in höchster Gefahr. Bitte!"

Sie lehnt sich zurück. „Mit welcher Polizeidienststelle möchten Sie denn sprechen?"

„Ich möchte mit Kriminalhauptkommissar Christian Jentsch oder mit Kriminalhauptkommissar Markus Wiegand von der dritten Berliner Mordkommission sprechen."

„Gut", sagt die Anstaltsleiterin. „Ich werde versuchen, Ihnen zu helfen." Die Frau wird mir immer sympathischer. „Unter einer Bedingung: Ich lasse Sie mit der Mordkommission nur in meinem Beisein und im Beisein von Frau Reimann sprechen. Wir hören mit. Ist das für Sie in Ordnung?"

„Danke, ja", sage ich, am liebsten würde ich hinzufügen: „Sie sind ein Schatz!"

Die Anstaltsleiterin bittet ihre Sekretärin, eine Verbindung zur Mordkommission herzustellen. Vor Aufregung habe ich schweißnasse Hände, in meinem Mund sammelt sich Speichel. Und dann das erlösende Geräusch: Das Telefon auf dem Tisch der Anstaltsleiterin klingelt. Sie nimmt ab und stellt sich vor. „Frau Wöhrmann, die bei uns zurzeit in U-Haft sitzt, möchte dringend mit Ihnen sprechen." Sie reicht mir das Telefon. „Herr Jentsch." Sie stellt auf Lautsprecher.

„Hier Claudia Wöhrmann. Ich habe hier ziemlich viel Zeit nachzudenken, und mir sind einige Dinge eingefallen, die ich Ihnen gern erzählen möchte. Ich bin mir ganz sicher, dass ich jetzt weiß, wer uns die Briefe geschrieben hat, und vielleicht sogar, wer unser Haus angezündet hat. Außerdem befürchte ich, dass ich weiß, wer der Tote in unserem Keller ist."

„Wer war es?"

„Hat meine Anwältin Frau Gehlhaar Sie darüber informiert, dass meine Eltern einen gewissen Reinhard Fellner mit diskreten Nachforschungen sowohl in meiner Familie als auch in unserem Haus beauftragt haben?"

„Nein, wieso?"

„Weil meine Mutter ihr diese Information gegeben hat mit der Bitte, sie an die Polizei weiterzuleiten."

„Interessant", sagt Jentsch. „Und Sie glauben, dass dieser Mann der Tote in Ihrem Keller war?"

„Könnte sein. Meine Eltern haben ihn telefonisch nicht erreicht, und gestern Abend im Fernsehen habe ich gesehen, dass das Haus von Fellner bei einer Gasexplosion zerstört wurde und es einen Schwerverletzten gegeben hat. Ich bin sehr in Sorge, dass es sich um meinen Vater handeln könnte, denn der ist gestern Nachmittag zu meinem Onkel gefahren, um dort nach dem Rechten zu sehen."

„Moment, nicht so schnell! Dieser Mann ist also Ihr Onkel?"

„Nur ein Nennonkel, ein Freund meines Vaters."

„Also wie heißt der Mann, der von Ihren Eltern beauftragt wurde?"

Ich buchstabiere. Und sage, das Haus stehe in Lichtenrade, ich könne mich nicht an die Straße erinnern.

„Sie glauben also, dass dieser Fellner bei seinen Nachforschungen auf etwas gestoßen ist, was ihn das Leben gekostet hat?"

„Ja, das glaube ich. Und außerdem befürchte ich, dass meine Eltern deshalb in Gefahr sind."

„Halt! Soeben haben Sie mir erzählt, dass Sie befürchten, dass Ihr Vater der Schwerverletzte sei. Das ist alles ein bisschen wirr."

„Bitte denken Sie nach. Die Einzigen, die wissen, dass Reinhard Fellner beauftragt wurde, sind meine Eltern, und die haben es meiner Anwältin gesagt, mit der Bitte, Sie zu informieren. Wieso hat meine Anwältin Sie nicht sofort über den Auftrag an Reinhard Fellner unterrichtet? Er war übrigens ein pensionierter Kollege von Ihnen."

„Ach was. Sie sagten, dass Sie neue Informationen haben. War's das?"

„Nein, das war es noch nicht. Können Sie mich bitte noch einmal vernehmen?"

„Das wollte ich Ihnen gerade vorschlagen."

„Aber nur im Beisein meiner Anwältin."

Christian Jentsch lacht. Er hat mich also verstanden.

„Geben Sie mir doch bitte noch mal die Anstaltsleiterin", sagt er. Ich gebe ihr das Telefon zurück, sie drückte den Lautsprecher weg und hört zu, was Christian Jentsch ihr zu sagen hat.

„Moment", sagt sie und drückt auf eine Sprechtaste. „Haben wir noch einen Gefangenentransporter frei?"

Es dauert eine Weile, dann quakt eine Stimme aus der Gegensprechanlage: „Ja, einen haben wir noch zur Verfügung."

„Gute Nachrichten. Wir können Ihnen Frau Wöhrmann sofort in die Keithstraße zur Vernehmung bringen lassen."

Ich atme durch. Die erste Schlacht habe ich schon mal gewonnen. Aber der Krieg ist noch nicht vorbei.

August:
Keithstraße

In der Mordkommission werde ich empfangen wie eine alte Bekannte. Als ich Christian Jentsch sehe, bitte ich den Polizisten, kurz zu warten. „Geht es meinen Eltern gut?“, frage ich den Kriminalkommissar.

„Ihre Mutter ist bei Ihrem Vater im Krankenhaus, sie hat dort die Nacht verbracht.“

„Der Schwerverletzte ist also wirklich mein Vater? Wie geht es ihm, wird er überleben?“

„Er wird gerade operiert“, sagt Jentsch. „Sie werden erwartet.“

Ich werde in den Vernehmungsraum gebracht, wo bereits meine Anwältin Anne Gehlhaar sitzt und freundlich mit der Protokollführerin plaudert. Sie sieht aus wie aus dem Ei gepellt, kontrolliert bis in die Fußspitzen. Ich grüße sie freundlich: „Frau Gehlhaar, wie gut, dass Sie da sind.“

Christian Jentsch und Markus Wiegand kommen nach mir in den Raum.

„Wir haben Sie heute zur Vernehmung gebeten, weil wir neue Erkenntnisse zum Fall gewonnen haben“, sagt Christian Jentsch. Der Mann klingt immer so harmlos, inzwischen weiß ich, dass er brandgefährlich ist.

„Wir sind davon unterrichtet worden, dass ein Ex-Kriminalkommissar von den Eltern von Frau Wöhrmann mit Nachforschungen in der Villa Wöhrmann beauftragt worden ist", sagt Markus Wiegand.

„Nicht nur mit Nachforschungen in der Villa", sage ich, „sondern auch mit Nachforschungen im Leben meines Ehemanns Andreas Wöhrmann."

„Von denen Sie nichts wussten?", ergänzt Christian Jentsch.

„Korrekt, ich hätte diesen Nachforschungen nicht zugestimmt."

„Was haben Ihre Eltern als Begründung angegeben?", fragt Christian Jentsch.

„Meine Eltern hatten den Eindruck, dass irgendetwas in unserer Ehe nicht stimmt. Sie waren sich sehr sicher, dass jemand von den Briefen des ‚Beschützers' profitieren müsse. Deshalb vermuteten sie, dass mein Mann ein Verhältnis hatte."

„Haben Sie das auch vermutet?"

„Ich hatte in den letzten Wochen das Gefühl, das mein Mann sich von mir entfernte. Ich habe keine Ahnung, ob er tatsächlich fremdging. Natürlich habe ich darüber nachgedacht."

„Gibt es irgendwelche Anzeichen, die auf ein Verhältnis Ihres Mannes hindeuten?"

„Außer vielen Überstunden, abendlichen Essenseinladungen, angeblich mit Mandanten, nein."

„Hatten Sie einen Verdacht, um wen es sich handeln könnte?"

„Nein. Ich habe lange darüber nachgedacht. Dass mein Mann und ich uns voneinander entfremdet hatten, fing mit dem ersten Brief an und steigerte sich von Brief zu Brief. Es war klar, dass uns entweder jemand belauscht hat oder Informationen aus unserer Familie aus erster Hand bekommen musste. Da ich diese Dinge niemandem erzählt hatte, blieb eigentlich nur mein Mann übrig. Und dann habe ich mich gefragt, was ich tun würde, wenn ich Anwalt wäre und in einer Kanzlei mit einer Strafverteidigerin zusammenarbeiten würde. Ich würde sie um Rat fragen. Ganz bestimmt."

Anne Gehlhaar verzieht keine Miene.

„Hat Andreas Wöhrmann Sie um Rat gefragt?", fragt Markus Wiegand.

„Ich bin hier die Anwältin, nicht die zu Vernehmende", sagt Anne Gehlhaar.

„Richtig, Sie sind Anwältin, aber es wäre doch naheliegend gewesen, wenn der Ehemann von Frau Wöhrmann Sie um Rat gefragt hätte."

Anne Gehlhaar nickt. „Natürlich hat er meine professionelle Meinung zu den Briefen eingeholt."

„Auch nach Feierabend?"

Anne Gehlhaar lacht und zuckt die Schultern. „Wann denn sonst, glauben Sie, wir haben tagsüber Zeit, in der Teeküche zu stehen und uns gegenseitig zu beraten?"

„Dafür aber bei einem gemütlichen Abendessen in einem schönen Restaurant?"

„Ja, sicher", sagt Anne. Es klingt beiläufig.

„Kommen wir zurück zu diesem Ex-Kriminalkommissar, der sich als Detektiv betätigen sollte. Er ist ein Bekannter Ihrer Eltern, Frau Wöhrmann?"

„Ja, mein Onkel Reini."

„Gestern, um 15.30 Uhr ist das Haus Ihres Onkels Reini nach einer Gasexplosion bis auf die Grundmauern abgebrannt. Es muss sehr viel Gas ausgeströmt sein, denn es hat sich durch die Betätigung der alten Klingel durch den Vater von Frau Wöhrmann entzündet und ist explodiert, wie uns die Feuerwehr Lichtenrade mitgeteilt hat. Ihr Vater wird zurzeit operiert, er hat bei der Explosion einen Schädelbasisbruch erlitten, das linke Schienbein ist dreimal gebrochen und sein Trommelfell ist geplatzt."

„Oh Gott." Ich brauche einen Moment, um die Nachricht zu verdauen. Und dann füge ich überflüssigerweise hinzu: „Ich kann das ja schlecht gewesen sein, ich saß in Untersuchungshaft." Niemand hat mich beschuldigt.

„Der Besitzer des Hauses war nicht anwesend, Nachbarn haben ihn tagelang nicht gesehen, sein Garten sei total ausgetrocknet. Wir nehmen daher an, dass es sich bei dem Toten im Keller der Familie Wöhrmann um den von den Eheleuten Mahler beauftragten Detektiv handelt. Sie haben ihm den Zugangscode zur Villa Wöhrmann verraten."

Anne Gehlhaar sitzt auf ihrem Stuhl, als habe sie einen Stock verschluckt.

„Hat der Detektiv Sie in dem Haus erwischt, als Sie Feuer legen wollten, Frau Gehlhaar?"

Schweigen. Offensichtlich braucht sie einen Moment, um zu begreifen, dass sie gerade beschuldigt wird.

„Ist es nicht so, dass der Detektiv Ihnen auf die Schliche gekommen ist, Frau Gehlhaar?", setzt Markus Wiegand nach.

„Nein! Wie kommen Sie darauf? Das ist doch völliger Unsinn. Ich habe von dem Mann noch nie was gehört!"

„Doch haben Sie. Vorgestern, von meiner Mutter. Die hat Ihnen gesagt, dass sie einen Detektiv auf unser Haus und auf Andreas angesetzt hatten."

„Nein, das stimmt nicht. Das ist vollkommener Blödsinn. Sie wollen sich doch bloß herausreden!" Sieh da, ihre perfekte Fassade bröckelt. Die Kriminalkommissare haben es ebenfalls bemerkt.

„Wieso haben Sie diese Information nicht umgehend an uns weitergeben, als Anwältin der Beschuldigten müsste es Ihnen doch daran gelegen sein, uns keine entlastenden Informationen vorzuenthalten?", sagt Christian Wiegand.

„Aber mir hat das niemand erzählt, ich habe noch nie von einem Reinhard Fellner gehört!"

Christian Jentsch und ich tauschen einen Blick. Er verzieht den Mund zu einem wölfischen Lächeln. „Offensichtlich müssen Sie von irgendwem über einen Reinhard Fellner informiert worden sein."

„Ich schwöre, ich habe diesen Namen eben zum ersten Mal gehört."

„Und woher kennen Sie den Namen, wir haben ihn nicht erwähnt und Frau Wöhrmann auch nicht."

Anne Gehlhaar bekam hektische rote Flecke am Hals. Jetzt nicht aufgeben. Nachlegen.

„Sie irren sich, ich habe den Namen nicht gewusst."

„Doch, Frau Heising hat mitgeschrieben. Würden Sie uns bitte vorlesen, was Frau Gehlhaar gesagt hat?"

„Lassen Sie das, was soll das? Ich bin hier doch nicht die Beschuldigte."

„Sie können gern auf Ihren Anwalt warten", sagt Markus Wiegand. Auch um seinen Mund spielt ein wölfisches Grinsen.

„Danke, ich bin Anwältin, schon vergessen?" Was hat Andreas mal gesagt? *Die meisten Mandanten scheitern an ihrer Hybris.*

„Sie hatten also nichts Besseres zu tun, als direkt nach der Information durch Frau Mahler nach Lichtenrade zu fahren, in das Haus von Reinhard Fellner einzubrechen und den Gashahn ganz weit aufzudrehen. Haben Sie vielleicht auch eine Kerze angezündet, wie im Hause Wöhrmann?"

„Ich habe überhaupt keine Kerze angezündet! Wieso sollte ich, was hätte ich davon, was gehen mich das Haus Wöhrmann oder das Haus von diesem Ex-Kommissar an?"

Sie lässt sich auf Diskussionen ein. Ich sehe, wie der rote Fleck an ihrem Hals größer wird.

„Sie wollten meinen Mann zurück, nicht wahr?"

„Wie bitte?"

„Ist es nicht so, dass Sie und mein Mann ein Paar waren, damals, als Sie noch zur Schule gegangen sind und danach zusammen studiert haben?"

Anne Gehlhaar sagt nichts.

„Er hat mir einmal von Ihnen erzählt, wissen Sie. Von dieser Durchgeknallten, die er Gretel nannte. Er war froh, als er Sie los war! Er hat mir gesagt, dass er dem Schicksal auf Knien danke, dass er sich damals von Ihnen getrennt hat, sonst hätte er nicht mich, die Liebe seines Lebens kennengelernt."

„Das ist nicht wahr! Wir waren füreinander bestimmt. Er hat sogar versucht, sich das Leben zu nehmen, als ich geheiratet habe. Er hat immer nur mich geliebt, mich, mich, mich. Ich bin die Liebe seines Lebens."

„Deshalb hat er Sie auch verlassen, damals in dem Urlaub in Zinnowitz!"

„Ich habe ihn verlassen, nicht er. Es war ein Fehler, ich habe einen Fehler gemacht, er ist der Mann meines Lebens. Ich hätte nie einen anderen heiraten dürfen."

„Deshalb sind Sie nach Berlin zurückgekommen und haben einen Job in derselben Kanzlei angenommen? Er war wohl hochbegeistert, Sie wiederzusehen?"

„Er wollte nicht, dass irgendjemand erfährt, dass wir mal zusammen waren", sagt sie. Jetzt laufen der Frau die Tränen herunter. Von der disziplinierten, kontrollierten Fassade ist nichts mehr übrig.

„Natürlich nicht. Und dann haben Sie eine List angewandt", sagt Christian Jentsch. „Sie wurden zum Beschützer."

Annegret Gehlhaar sagt nichts. Sie schluckt.

„Das ist nicht verboten. Ich habe nichts Strafbares getan. Diese Briefe enthalten keine Drohungen."

„Sie geben also zu, dass Sie diese Briefe geschrieben haben. Und die haben Wirkung gezeigt, nicht wahr?"

„Besser als gedacht. Man konnte ja zusehen, wie er sich von ihr entfernt hat." Die Hybris, denke ich, ja, die Hybris.

„Sie haben sich kurz vor dem Ziel Ihrer Wünsche gesehen, nicht wahr? Und dann haben Sie zum finalen Schlag ausgeholt. Erst mal den geliebten Mann und seine Kinder aus dem Schussfeld entfernen und dann das Haus abfackeln. Nachdem, was Ihnen Andreas Wöhrmann erzählt hatte, war Ihnen klar, dass man nicht damit rechnen konnte, dass Frau Wöhrmann alleine am Wochenende in die Villa geht", sagt Christian Jentsch.

„Es war perfekt organisiert", sagt sie. Jetzt hat sie ein wölfisches Lächeln auf den Lippen. Die Alte ist komplett durchgeknallt, denke ich.

„Hat er Ihnen den Zugangscode genannt?"

„Nein. Als er einen Mandantentermin hatte, habe ich seine Hausschlüssel genommen und bin zu ihm in die Wohnung zu einer Zeit, von der ich wusste, dass sie", sie macht eine abfällige Kopfbewegung in meine Richtung, „in der Villa auf Handwerker aufpasst. Ich wusste ja, dass er alle Passwörter in einer Schublade aufbewahrt, das hat er schon immer so gemacht."

Ich fasse es nicht, die Frau hat in meiner Wohnung in meinen Schubladen gewühlt.

„Und dann sind Sie am Sonntag in die Villa eingedrungen und haben die Gashähne aufgedreht. Kam Ihnen Reinhard Fellner entgegen?"

„Quatsch, der war überhaupt nicht im Haus. Ich habe jedenfalls niemanden gesehen. Ich bin ins Haus, habe den Haupthahn vom Gas im Keller aufgedreht und die beiden

Gasanschlüsse in der Küche. Dann habe ich eine Kerze in den Flur gestellt und bis zu den Gashähnen eine Benzinspur gelegt. Sie können mich also für Brandstiftung belangen. Ich habe aber Reinhard Fellner weder im Haus gesehen noch von ihm gewusst. Punkt."

„Sie waren also im Keller. Haben Sie danach die Kellertür von außen abgeschlossen?"

„Wahrscheinlich. Muss so gewesen sein. Aber nicht, weil ich jemanden einschließen wollte, es war ein dummer Unfall, ein Zufall. Der Mann muss sich im Keller versteckt haben."

„Was wir uns die ganze Zeit gefragt haben, ist, warum hat der Mann im Keller nicht mit dem Handy einen Notruf gewählt? Er hatte doch bestimmt ein Smartphone dabei, vielleicht sogar, um Fotos zu machen."

„Ich habe keine Ahnung. Oder doch. Vor der Kellertür lag ein Handy. Ich dachte, Frau Wöhrmann hätte es dort vergessen und nicht weiter beachtet."

„Das heißt, dass der Mann aus Versehen von Ihnen eingeschlossen worden ist?"

„So ist es, ich wusste nicht, dass jemand im Haus beziehungsweise im Keller war. Sie können mir maximal Freiheitsberaubung vorwerfen, aber dafür müssen Sie erst mal Beweise haben, vor Gericht werden Sie damit nicht durchkommen."

„Aber warum dann sein Haus in Lichtenrade in die Luft jagen? Wollten Sie etwaige Beweise vernichten?"

„Wäre ja möglich gewesen, dass er irgendwelche Fotos gesendet hat, bevor er verbrannt ist. Ich musste sichergehen."

„Und haben dabei billigend den Tod eines Menschen in Kauf genommen?“

„Wieso, das Haus war doch leer.“

„Aber Sie haben doch darauf spekuliert, dass jemand klingelt.“

„Quatsch, ich habe genauso eine Kerze und eine Benzinspur gelegt.“

„Das heißt, auch die Verletzung von Herrn Mahler war ein Unfall.“

„So ist es!“

„Sind Sie bereit, das Protokoll zu unterschreiben?“, fragt Christian Jentsch.

„Ich denke nicht daran.“

Ein Jahr später

Heute jährt sich der Tag, an dem ich aus der U-Haft entlassen wurde zum ersten Mal. Das alles kommt mir heute vor wie ein böser Traum.

Direkt nach der Vernehmung, in der Anne Gehlhaar beschuldigt wurde, hat Christian Jentsch bei dem zuständigen Haftrichter meine Entlassung aus dem Gefängnis beantragt. Noch am Abend desselben Tages war ich frei.

Ich bin nicht nach Hause, sondern direkt ins Sankt-Marien-Krankenhaus gefahren, wo mein Vater lag. Sie hatten ihn am Morgen operiert, ich durfte ihn kurz auf der Intensivstation sehen. Er sollte wissen, dass seine Tochter wieder auf freiem Fuß ist. Sie hatten sein dreifach gebrochenes Schienbein mit Titanplatten stabilisiert. Bei dem Schädelbasisbruch wollten die Ärzte noch abwarten, ob eine Operation notwendig werden würde.

Danach bin ich zu meiner Mutter gefahren, die ich zum ersten Mal in meinem Leben als ein Häufchen Elend erlebt habe. Sie war mit ihren Nerven am Ende, hielt mich im Arm und wimmerte immer wieder: „Ich bin schuld, ich bin schuld."

„Nein, Mama, du hast keine Schuld."

„Doch. Ich habe alles falsch gemacht. Dabei wollte ich nur helfen."

„Mama", habe ich gesagt, „du bist die beste Mama der Welt, du bist unser Fels in der Brandung."

„Sieh nur, wohin das geführt hat, Reinhard ist tot, Papa wäre fast gestorben, und meine Tochter musste ins Gefängnis."

„Aber dafür kannst du doch nichts."

„Und deine Ehe ist auch am Ende."

Das hat sie gesagt, wörtlich. Ich habe sie im Arm gewiegt und mich gefragt, ob sie recht hatte. Ich musste zu meinen Kindern, ich hatte solche Sehnsucht nach meinen Kindern, aber wenn ich ganz ehrlich zu mir selbst war, war ich zuerst zu meinen Eltern gefahren, weil ich nicht wusste, wie es mit Andreas weitergehen sollte. Ich hatte Angst, ihm gegenüberzutreten.

„Was soll ich tun, Mama? Ich habe keine Ahnung, wie es weitergehen soll!"

„Ich weiß", sagte meine Mutter. Sie hatte inzwischen ihre Tränen getrocknet, es waren die einzigen Tränen, die ich je bei meiner Mutter mit Ausnahme vom Zwiebelschneiden gesehen habe.

„Du brauchst Zeit, um mit dir ins Reine zu kommen."

So war es.

Ich holte die Kinder zu meinen Eltern in die Matterhornstraße und zog auch selbst dort wieder ein. Zunächst unter dem Vorwand, dass ich Mama bei Papas Pflege helfen musste, der für viele Monate auf Hilfe angewiesen war.

Papa hat inzwischen sein Steuerbüro verkauft und mir die Räumlichkeiten in seinem Haus als Wohnung vermietet. Es wird sehr viel geschrien in der Matterhornstraße: Papa hört seit der Explosion sehr schlecht und ist zu eitel, um ein Hörgerät zu tragen.

Andreas hatte Verständnis dafür, dass ich zu meinen Eltern gegangen bin. Mama hat ihm gebeichtet, dass sie ihm einen Detektiv auf den Hals gehetzt haben. „Wir haben geahnt, dass diese blöden Briefe von einer Frau kamen, die unsere Claudi ausschalten wollte. Was würdest du denn tun, wenn du siehst, dass deine Lina unglücklich ist?"

„Ich würde die Pumpgun rausholen", hat er gesagt. Immerhin marterte er sich dafür, nicht selbst auf die Idee gekommen zu sein, dass Anne hinter den Briefen stecken könnte. „Wir waren mehr als zehn Jahre getrennt, wer denkt denn an so was? Du kannst mir glauben, sie hat keinerlei Anstalten gemacht, mich irgendwie zurückzuerobern. Sie hat nicht mit mir geflirtet oder sonst was. Ich schwöre dir, Claudi, ich hatte kein Verhältnis mit ihr. Anne hat mir mal unglaublich wehgetan, ich war nicht scharf darauf, sie wiederzusehen. Sie wirkte sogar entsetzt, als sie feststellte, dass sie in derselben Kanzlei gelandet war wie ich. Wir beschlossen sofort, niemanden über unsere gemeinsame Vergangenheit zu informieren."

Das war natürlich ein Teil ihres perfiden Plans. Wie leicht war es, herauszubekommen, in welcher Kanzlei Andreas arbeitet, um sich dann dort zu bewerben.

„Ich schwöre, wir haben auf rein kollegialer Basis miteinander verkehrt. Und ich habe auch nicht die ganzen

Überstunden mit ihr verbracht, das darfst du mir ruhig glauben."

Das glaubte ich ihm sogar.

„Wir kannten uns so gut, wir sind zusammen zur Schule gegangen, haben zusammen studiert, wir haben sechs Jahre zusammengelebt. Es war doch klar, dass ich die Probleme mit dem Beschützer und den Umbau mit ihr besprochen habe, ich habe sie einfach für eine alte Freundin gehalten."

„Wieso bist du nicht auf die Idee gekommen, dass Anne der ‚Beschützer' war?", habe ich ihn gefragt.

„Die Genskes hatten doch auch so einen Brief!", sagte er. „Wenn nur wir die Briefe bekommen hätten, wäre ich vielleicht misstrauisch geworden."

Er hat recht, das mit dem Brief an die Genskes hat mich auch in die Irre geführt. Noch im Gefängnis habe ich an dieser Kröte gekaut. Dabei gab es dafür eine ganz einfache Erklärung:

„Anne war unglaublich durchtrieben. Sie muss einen furchtbaren Schreck bekommen haben, als sie hörte, dass wir zusammen so ein Wahnsinnsprojekt wie die Villa Wöhrmann in Angriff nehmen wollten", sagte Andreas. „Sie muss befürchtet haben, dass uns so ein gemeinsam gekauftes und restauriertes Haus für immer zusammenschweißen würde. Aus unseren finanziellen Verflechtungen gab es kaum ein Entkommen. Da muss der Plan in ihr gereift sein, uns so weit zu bringen, dass wir den Kauf entweder rückgängig machen oder aber verkaufen. Ich habe ihr selbst den Entwurf des Kaufvertrags gezeigt. Vielleicht war das der Moment, in dem eine Idee in ihrem Kopf reifte. Sie hat sich die Adresse und den Namen der Verkäufer gemerkt und den Brief verfasst, den die Genskes uns vorenthalten haben. Und ich gehe jede Wette ein, dass sie den Brief geschrieben hat, bevor wir beim Notar waren, so dass wir tatsächlich auf Rückabwicklung hätten klagen können."

„Sie hat also gehofft, dass die Beschützer-Briefe uns die Freude an dem neuen Haus verleiden." Ich nickte. „Ich verstehe ja noch, dass sie solche Briefe geschrieben hat, um dich zurückzuerobern. Das hat irgendwie sogar geklappt, du hast sie immer weiter ins Vertrauen gezogen und dich von mir zurückgezogen. Aber warum hat sie das Haus angezündet? Und zwar so, dass jeder Brandermittler feststellen musste, dass es sich eindeutig um Brandstiftung handelte?"

„Weil sie dich endgültig aus dem Weg haben wollte. Sie hatte dafür gesorgt, dass ich nicht verdächtigt werden würde, indem sie mir ihr Haus auf Usedom angeboten hat. Du warst allein in Berlin, und ich hatte ihr gesagt, dass du kurz vor einem Nervenzusammenbruch stehst. Da hat sie versucht nachzutreten."

„Wie hat sie es angestellt, dass du keine Meldung auf deinem Handy von den Überwachungskameras bekommen hast?"

„Sie hat irgendwann wohl mein Handy genommen, als ich auf der Toilette war oder rausgegangen bin, und hat es umprogrammiert."

„Aber sie muss doch gewusst haben, dass wir niemals die Versicherungssumme kassieren würden, wenn ich wegen

Brandstiftung verurteilt werden würde. Damit hätte sie ja auch dir geschadet."

„Sie hat darauf spekuliert, dass ein neu zu bebauendes Grundstück in dieser Lage mehr wert sein würde als das, was wir mal für den alten Kasten bezahlt haben."

Womit Anne Gehlhaar nicht unrecht gehabt hatte. Die Versicherung hat uns vor kurzem die abgedeckte Schadenssumme ausgezahlt. Wir konnten das Grundstück zu einem sensationellen Preis verkaufen, der Käufer musste nur die Ruine abreißen lassen. Er will dort ein Wohnhaus mit exklusiven Eigentumswohnungen errichten. Im Grunde haben wir mit der Villa noch einen Gewinn gemacht. Aber auf den hätte ich gern verzichtet.

Ich habe verstanden, dass mein Ehemann einer Frau, die er mal geliebt hat, ein solch bösartiges Verhalten nicht zugetraut hat.

Denn Anne hat nicht nur gemeine, hinterhältige Briefe geschrieben, die wie Salzsäure in unsere Beziehung tröpfelten. Mit der Brandstiftung hat sie ein handfestes Verbrechen begangen, bei dem sie zumindest billigend in Kauf genommen hat, dass Menschen dabei zu Schaden kommen könnten. Ich vermute, dass der Tote in unserem Keller Anne Gehlhaar dann total aus der Bahn geworfen hat. Anders kann ich mir die Brandstiftung im Haus von Onkel Reini nicht erklären. So etwas macht nur jemand, der – schlicht ausgedrückt – verrückt geworden ist. Deshalb hatte ich auch so eine Angst um meine Mutter, zu diesem Zeitpunkt habe ich Anne Gehlhaar bereits einen vorsätzlichen Mord zugetraut.

Aber je länger ich darüber nachdachte, desto saurer wurde ich auf meinen Ehemann. Denn Andreas hat zumindest die Brandstiftung seiner eigenen Frau zugetraut. Mir.

Und ich habe sie ihm zugetraut. Also war da ein Riss in unserer Beziehung, und den musste es schon gegeben haben, lange bevor wir das Haus gekauft haben. Es gibt keine Liebe ohne Vertrauen. Schwerer noch wiegt die Erfahrung, dass mein Mann mich in der schwierigsten Situation meines Lebens emotional allein gelassen und seine Probleme lieber mit Anne als mit mir besprochen hat. Man kann nicht alles mit dem Kopf regeln. Ich will nicht diesen ganzen Kitsch von „auch das Herz muss sprechen" anführen, aber so in etwa habe ich das gefühlt. Das emotionale Band zwischen uns ist bei der ersten großen Belastung gerissen.

Wird man das je wieder kitten können? Ich weiß es nicht. Die Kinder brauchen auch ihren Vater. Andreas kann die Kinder sehen, wann immer er will. Er ist mit ihnen in den Urlaub gefahren, wir gehen zusammen Eis essen oder fahren zum Baden.

Anne Gehlhaar hat nicht nur ihr Geständnis, das sie in Gegenwart von mir, einer Protokollantin und zwei Kriminalkommissaren abgelegt hat, nicht unterschrieben, sondern später sogar widerrufen. Sie hat behauptet, von mir unter emotionalen Stress gesetzt worden zu sein, und sie habe deshalb Aussagen gemacht, um mich zu verletzen.

Die Frau hat später alle nur möglichen juristischen Tricks angewendet, die sich nur die abgefeimtesten Anwälte ausdenken können. Aber es hat ihr nicht geholfen.

Onkel Reini hatte diverse Ermittlungsergebnisse akribisch aufgeschrieben, er war Anne Gehlhaar bereits auf die Spur gekommen. Man kann Handys schmelzen lassen, Rechner zerstören, aber gegen die iCloud ist jedes Feuer machtlos. In Reinhard Fellners iCloud waren all die Beweise, die die Kriminalpolizei benötigte, um einen Haftbefehl beim Richter zu erwirken. Er hatte sie sogar fotografiert, wie sie die Stufen zu unserem Haus hochgegangen war, kurz bevor er sich im Keller versteckt hatte. War ihm das Handy dabei aus der Hand gefallen?

Anne Gehlhaar hat sich in der Untersuchungshaft das Leben genommen. Sie starb standesgemäß: im Feuer, das sie in ihrer Zelle gelegt hat.

Zur Feier des Jahrestags meiner Entlassung aus der U-Haft sitze ich mit Andreas im Gasthaus zur Rehwiese. Balu hockt unter dem Tisch und hat seine Schnauze mit einem theatralischen Seufzer auf Andreas' Bein gelegt. Andreas streichelt ihn seit zehn Minuten – er glaubt, ich merke es nicht.

„Komm zurück, Claudi", sagt er. „Ich liebe dich."

Dankeschön

Als Erstes möchte ich Ihnen danken, dass Sie dieses Buch nicht nur gekauft, sondern bis hierher gelesen haben. Ich gestehe, dass ich selbst sehr gern bei meinen Kollegen lese, wem sie für die Hilfe danken, und freue mich jedes Mal, wenn ich ein bisschen etwas über die Hintergründe eines Romans erfahre.

Wie ich auf die Idee zu diesem Buch kam? Jeder Krimiautor ist Großkonsument von True-Crime-Literatur, -Dokus und Polizeimeldungen, worauf sonst sollten wir unsere Plots aufbauen? In der „Crime" Nr. 23 fand ich einen Bericht, der mich elektrisiert hat. Unter dem Titel „Der Wächter" erzählt Reeves Wiedemann die Geschichte einer Familie, die ein Haus am Boulevard 657 in Westfield, Maine gekauft hat. Kaum hatten sie mit dem Umbau der 1,3 Millionen teuren Villa begonnen, erhielten sie einen Brief von jemandem, der sich „Der Wächter" nannte. Der Brief war unheimlich, es folgten weitere Briefe, die von Mal zu Mal grausiger wurden. Die Familie ist nie in die Villa eingezogen, ebenso wie der Schreiber der Briefe nie ausfindig gemacht wurde, obwohl sich die Kriminalpolizei ausführlich damit befasst hat. Da die Familie die Briefe öffentlich gemacht hatte, haben Tausende über die Hintergründe spekuliert. Was für eine Geschichte, das haben sich wohl auch die Produzenten von Netflix gedacht, die die Rechte an der Story gekauft haben.

Mit so einer Story im Kopf bin ich schlafen gegangen, fasziniert von der Möglichkeit, eine Familie und ihren Traum allein durch Briefe zu zerstören.

Besondere Schwierigkeiten bereitete mir die Nummer 13. Denn diese Zahl war diesmal als Titel dran, und ich musste deshalb eine Straße in Berlin finden, die keine Nummer 13 hat. So kam ich auf die Burgunder Straße. Man muss sich die Straßen rund um das Urstromtal als gleichschenkliges Dreieck vorstellen: Von der Straße An der Rehwiese gehen die Burgunder- und die Alemannenstraße ab. Alle drei Straßen sieht man von der Rehwiese, einer riesigen Grünfläche in Berlin-Nikolassee.

Mein Dank geht an den Rottweiler-Züchter Denis Gurushkin aus Spandau, der mir glaubhaft versichert hat, dass Rottweiler ganz liebe Familienhunde sind – wenn man nichts falsch macht.

Ebenso möchte ich dem Brandschutzexperten Michael Lehmann danken, der mir verraten hat, wie man am besten ein Haus abfackelt, damit die Kripo das eindeutig als Brandstiftung erkennen kann.

Auf die Idee mit der Gasexplosion in Lichtenrade hat mich allerdings der Unfall meines Freundes Ilias Grigoriou gebracht, der gerade selbst mit Titanplatten im Bein herumhumpelt, weil er mit einem Motorboot in die Luft geflogen ist. Gute Besserung, Ilias!

Und last but not least möchte ich mich bei Gabriele Grote-Kux bedanken. Bei den Recherchen zu meinem Roman „Der 7. Tag“ hat sie mir als damalige Gefängnisdirektorin der Frauenhaftanstalt Berlin-Pankow Einblicke in das Leben hinter Gittern und in der U-Haft gegeben. Das ist zwar schon eine Weile her, aber zum Dankesagen ist es nie zu spät.

Ich freue mich übrigens über Post von Ihnen. Schreiben Sie mir, wie Ihnen das Buch gefallen hat:

info@nikalubitsch.de

Wenn Sie sehen wollen, wie es in meinem täglichen Leben aussieht, dann treffen Sie mich hier:

www.facebook.com/NikaLubitsch

Und wenn Sie auf keinen Fall wieder eine Neuerscheinung oder einen Deal verpassen wollen, dann würde ich mich freuen, wenn Sie sich auf meiner Website

www.nikalubitsch.de

zu meinem Newsletter anmelden. Zur Anmeldung direkt geht es hier:

nikalubitsch.de/newsletteranmeldung

Übrigens: Über eine Rezension bei Amazon freue ich mich ganz besonders.

Auf ein Wiederlesen.
Ihre Nika Lubitsch

Der 7. Tag

„Der 7. Tag“ ist ein hinterhältiger Kriminalroman mit unerwartetem Ausgang. Sybille und Michael sind ein glückliches Paar, jetzt endlich erwarten sie ein Baby. Da verschwindet Michael spurlos. Sybille befindet sich mitten in einem Albtraum, aus dem es kein Erwachen gibt. Als ihr Mann erstochen aufgefunden wird, gibt es nur eine Verdächtige: seine Ehefrau. Die Anklage lautet auf Mord. Während Sybille vor Gericht den Ausführungen der Zeugen zuhört, zieht ihr gemeinsames Leben an ihr vorbei. Am siebenten Prozesstag erkennt Sybille plötzlich die Wahrheit. Sie muss sie nur noch beweisen.

Das Buch stand monatelang auf Platz 1 der Kindle-Bestsellerliste und ist in viele Sprachen übersetzt worden. Oliver Berben hat das Buch für das ZDF mit Stefanie Stappenbeck, Marcus Mittermeier, Steve Windolf, Henning Baum und Josefine Preuß verfilmt. Regie: Roland Suso Richter. Mehr als sechs Millionen Zuschauer sahen die Erstausstrahlung im ZDF als Fernsehfilm der Woche am 23. Oktober 2017.

Das 5. Gebot

Die Engländerin Vicky findet beim Joggen im Berliner Grunewald eine Leiche, die aussieht wie eine Zwillingsschwester. Als ihre Mutter in England getötet wird und Vicky mit viel Glück einen Mordversuch überlebt, ahnt sie, dass es ein dunkles Familiengeheimnis geben muss. Die Suche nach der Wahrheit führt Vicky quer durch Europa und weit zurück in die Vergangenheit. Es beginnt ein Wettlauf mit dem Tod.

Auch der zweite Roman von Nika Lubitsch konnte wieder Platz 1 der Kindle-Bestsellerliste erreichen.

Das 2. Gesicht – Thriller

Nach einer überstürzten Hochzeit folgt Julia dem weltberühmten Thrillerautor George Osterman nach Amerika und findet sich unversehens mutterseelenallein in seinem luxuriösen Anwesen in Florida wieder – George zieht es vor, seine Thriller an einem geheimen Ort zu schreiben. Doch dann tauchen in den Everglades Leichenteile auf, deren Verstümmelungen Julia erschreckend an Georges Bücher erinnern. Wer ist der Mann, den sie geheiratet hat und der sich jetzt vor ihr in seinem Strandhaus versteckt? Gemeinsam mit ihrer Freundin begibt sie sich auf die Suche nach dem wahren Ich ihres Mannes. Sie werden in einen tödlichen Strudel von Ereignissen gerissen, zu denen George Osterman das Drehbuch schrieb.

Der 1. Mann

Lara und Oliver sind ein glückliches Paar – bis zu dem Tag, an dem der Arzt Lara eine niederschmetternde Diagnose stellt. Statt ihr in den dunkelsten Stunden beizustehen, wendet sich Oliver von Lara ab. Im Krankenhaus lernt Lara Simone kennen. Auch sie wurde von ihrem Mann im Stich gelassen. Die beiden Frauen schmieden einen perfiden Plan. Doch dann kommt alles ganz anders, und Lara findet sich im Zusammenhang mit drei Morden vor Gericht wieder …

Mord im 4. Haus

Bestialische Morde in einem Berliner Vorort: Eine ganze Familie sollte ausgelöscht werden, nur Jonas, der geistig behinderte Sohn, überlebt schwer verletzt das Massaker. Für die Justiz scheint der Fall abgeschlossen, der Nachbar wurde dafür lebenslänglich ins Gefängnis geschickt. Für dessen Frau ist die Gerichtsreporterin Sybille Thalheim die letzte Hoffnung. Sybille, die einst selbst unschuldig im Gefängnis saß, beginnt zu recherchieren und stößt dabei auf entsetzliche Zusammenhänge, die selbst die hartgesottene Reporterin tief erschüttern. Sie kommt einem Thema auf die Spur, das bis heute in den Medien totgeschwiegen wird. Als sie mit ihren Recherchen skrupellose Mitglieder eines international agierenden Syndikats aufschreckt, findet sie sich zusammen mit Jonas, dem überlebenden Sohn, gefesselt auf dem Boden eines DHL-Transporters wieder …

Ein Wiedersehen mit Sybille Thalheim, der Heldin aus „Der 7. Tag". Auch diese Krimi ist von der Produktionsgesellschaft *moovie* von Oliver Berben optioniert worden.

Mord auf Seite 3

Als die Leiche der kleinen Zoe als Engel drapiert in einem Berliner Wald gefunden wird, soll die Journalistin Jessica ihre Geschichte für die Seite 3 schreiben. Kurz darauf erschüttert ein weiterer Mord die Öffentlichkeit – und diesmal ist Jessica direkt betroffen. Ihre geliebte Tante Angela, eine berühmte Krimiautorin, wurde in ihrem Landhaus erdrosselt, offensichtlich das Werk eines in Brandenburg fieberhaft gesuchten Frauenmörders. Jessica erbt nicht nur das Landhaus, sondern erfährt hier auch mit Schrecken von der dunklen Seite ihrer Verwandtschaft. Noch ahnt sie nicht, dass sie mit ihren Recherchen nicht nur einem Serienmörder zu nahe kommt.

Der 6. Geburtstag

Bei einem Ausflug in die White Mountains hat Joleen einen schweren Autounfall und fällt ins Koma. Ihre vierjährigen Zwillinge schweben ebenfalls in Lebensgefahr. Als wäre das nicht schon schlimm genug, will der Staatsanwalt Joleen des versuchten Mordes an ihren Kindern anklagen. Ihr Mann Robert glaubt nicht an Joleens Schuld, auch wenn viele Indizien gegen sie sprechen. Während Robert um das finanzielle Überleben der Familie kämpft, macht er eine dramatische Entdeckung. Sollte Joleen sterben, weil jemand ein entsetzliches Verbrechen zu verbergen sucht? Robert stürzt sich in die verzweifelte Suche nach der Wahrheit. Kann er seine Frau vor lebenslanger Haft bewahren und den Schleier von einem düsteren Geheimnis in ihrer Vergangenheit reißen?

Die 12. Nacht

Nicole und Sarah wollen ihre Weihnachtsferien auf einem einsam gelegenen Hof im Thüringer Wald verbringen. Nach einem heftigen Schneesturm ist der Hof von der Außenwelt abgeschnitten. Die Frauen vertreiben sich die Zeit mit alten Märchen und Thüringer Sagen. Aber es sind nicht nur die gruseligen Geschichten von den zwölf Raunächten, die sie zunehmend beängstigen, sondern vor allem die unheimlichen Geräusche, die sie Nacht für Nacht aus dem Schlaf reißen. Als tagsüber wie aus dem Nichts unbekannte Spuren im Haus auftauchen, steigert sich ihre Angst bald zur Panik: Gibt es einen nächtlichen Besucher? In der zwölften Nacht wird aus den alten Mythen blutiger Ernst.

Im 8. Kreis der Hölle

Daniela ist acht Jahre alt, als ihre große Schwester Franzi in einer Sommernacht spurlos verschwindet. Die Polizei geht von einem Tötungsdelikt aus, doch Franziskas Leiche wird nie gefunden. Daniela fühlt sich mitschuldig am Zerbrechen ihrer Familie, denn seit jener Sommernacht hütet sie ein Geheimnis. Zwanzig Jahre später erkennt Daniela die totgeglaubte Schwester auf einem kanadischen Zirkusplakat. Die Suche nach Franzi führt Daniela zurück in die Vergangenheit, sie gerät in einen Strudel aus Verbrechen und Verrat, der sie in den Abgrund zu reißen droht. Statt in den Armen ihrer geliebten Schwester landet sie unter Mordverdacht vor einem Haftrichter in Montreal.

Deck 9 – Tod auf dem Atlantik

Eine mörderische Kreuzfahrt mit Sybille Thalheim, der Heldin aus Nika Lubitschs internationalem Bestseller „Der 7. Tag".

Einst stand Sybille Thalheim wegen eines Mordes, an den sie keine Erinnerung hatte, vor Gericht. Jetzt unternimmt sie als Reporterin für das Magazin Cosmos eine Transatlantikkreuzfahrt, um über Verbrechen auf hoher See zu berichten. Ausgerechnet Sybille wird zwischen Rio und Rom Zeugin, wie eine junge Frau in Panik vor einem Mann flieht, der behauptet, ihr Ehemann zu sein. Sybille hilft der jungen Frau, die ihr Gedächtnis verloren hat, was sie bald bereut. Als ihr angeblicher Ehemann ermordet aufgefunden wird, gibt es nur eine Verdächtige: die Frau, die er Nina nannte. Sybille ahnt nicht, dass sie sich auf ein lebensgefährliches Spiel mit übermächtigen Gegnern einlässt. Als auch Nina niedergestochen wird, ist es bereits zu spät, um auszusteigen. Denn Sybille ist der Wahrheit lebensgefährlich nah gekommen.

Bella, 14

Sie waren das vierblättrige Kleeblatt: Bella, Jana, Funny und Alessa. Bis die vierzehnjährige Bella eines Tages von einem gemeinsamen Badeausflug nicht zurückkehrte.

Zwanzig Jahre später: Alessa hat als Richterin den Vorsitz bei einem Prozess gegen einen Starfotografen. Der Prozess führt sie in die Welt junger Mädchen, die von einer Modelkarriere träumen. Aber nicht nur die Zeuginnen in Alessas Gerichtssaal waren bereit, dafür alles zu geben. Bei der Beweisaufnahme fallen Alessa immer mehr Ereignisse ihrer eigenen Jugend ein. Könnte es sein, dass sie dem Angeklagten schon einmal begegnet ist? Und was hat das mit dem Mord an ihrer Freundin Bella zu tun? Lang Verdrängtes stürzt Alessa in einen Gewissenskonflikt. Als Richterin weiß sie nur zu gut, wie trügerisch Erinnerungen sein können. Deshalb begibt sie sich auf die Suche nach ihren alten Freundinnen und kommt dabei dem Abgrund viel zu nah.

10 Stunden Ewigkeit

Von der Jägerin zur Gejagten – dem Bösen zu nah

Christine Morten, tagsüber treu sorgende Professorengattin und Mutter, macht nachts als „chrissie_10" im

Internet Jagd auf Serienkiller. Im ganzen Land bekannt ist ihre im Netz veröffentlichte Liste von Verbrechen, die mithilfe von Online-Annoncen begangen wurden. Eines Nachts bringt der Mord an einer Studentin Chrissie auf die Spur des „Ivy-League-Rippers“ – und sie beschleicht ein schrecklicher Verdacht. Als kurz darauf das FBI ihr Haus stürmt, versucht Chrissie ihren Sohn in Sicherheit zu bringen. Das erweist sich als fataler Fehler. Für Chrissie beginnen zehn Stunden Ewigkeit.

11 Stufen

Als Erstes gab der Atlantik ihren roten Anorak frei

Lea flieht aus ihrer kaputten Ehe nach Irland. Im Galway County findet die erfolgreiche Krimiautorin ein Ferienhäuschen und sehr schnell Anschluss an die deutsche Vermieterin Karin und ihre Tochter Anne. Anfangs glaubt Lea, endlich Frieden zu finden, sie verliebt sich sogar in den attraktiven Landarzt Sean. Doch die Postkartenidylle trügt. Als eine Frau verschwindet, gerät Sean unter Mordverdacht. Lea beginnt mit eigenen Ermittlungen, die sie bald in Lebensgefahr bringen. Nachdem sie einen Unfall mit viel Glück überlebt, wird Lea aus dem Krankenhaus entführt. Wer hat ein Interesse an ihrem Tod?

Blue Light Berlin-Krimi –
in Zusammenarbeit mit dem Ex-Bullen Michael Hellmann

Band 1: … und aus bist du

Als die Hauptkommissare Claudia Westermann und Robert W. Robinson in eine Neuköllner Hinterhofwohnung gerufen werden, ahnen sie nicht, dass der Fall zu einer großen Herausforderung für die Berliner Mordkommission werden und sogar ihr Leben für immer verändern wird. Ein Familienstreit wurde von dem erwachsenen Sohn Denis mit dem Messer beendet. Sein Stiefvater stirbt im Rettungswagen, seine Mutter wird schwer verletzt ins Krankenhaus gebracht. Denis gelingt die Flucht, bevor die Polizei eintrifft. Von Céline, der zehnjährigen Tochter des Opfers, fehlt jede Spur.

Für Denis scheinen in dieser schwülen Freitagnacht alle Albträume wahr zu werden, er befürchtet, dass seine kleine Schwester entführt wurde. Obwohl nach ihm gefahndet wird, bittet er die Ermittler der Berliner Mordkommission um Hilfe. Doch nicht nur die Berliner Polizei, auch Célines Freunde machen sich auf die Suche – ohne zu ahnen, dass sie dadurch einem Kindermörder gefährlich nahe kommen.

Band 2: Der Tod trägt Schwarz

Toter Priester in St. Elisabeth. Pater Ludger wurde mit einem Kruzifix erschlagen. Viele Spuren und noch mehr mögliche Motive weisen in Richtung Wedding. Die Mordkommission unter Leitung von Claudia Westermann steht unter Druck: Presse und Inspektionsleiter drängen auf Ergebnisse. Da kommt die schnelle Verhaftung eines Verdächtigen gerade recht. Doch während die Ermittler in ihrer Stammkneipe Blue Light den Erfolg feiern, wird der Küster der englischsprachigen Mission mit einer Machete grausam niedergemetzelt.

Band 3: Denn ich habe dich erlöst

Ein Obdachloser rennt mit einem abgeschlagenen Frauenkopf schreiend in eine U-Bahn-Station. Die Berliner Mordkommission steht vor einem Rätsel. Wer ist die Tote, und warum wurde sie so grausam geköpft? Wo ist ihr kopfloser Körper geblieben? Der Mörder lässt den Kommissaren nicht viel Zeit. Bereits am nächsten Tag schlägt er erneut zu und präsentiert einen weiteren Frauenkopf in einem Schöneberger Park.

Während die Ermittler fieberhaft nach Gemeinsamkeiten zwischen den Opfern suchen, machen auch jugendliche Skater einen grausigen Fund. Und der Mörder hat bereits ein viertes Opfer im Visier. Doch noch ahnt niemand, dass Claudias ehemaliger Partner „Double-u“ und die pensionierte Leichenspürhündin Agathe dem Serienkiller bereits begegnet sind …

Krimi-Reihe Kudamm 216:
Erbsünde

Die arbeitslose Journalistin Judith, Generation Praktikum, bekommt einen Recherchejob bei der alten Krimiautorin Alice von Kaldenberg, genannt Lady Kaa, am Kudamm 216. Dass sie bereits bei ihrem ersten Interview Opfer eines Verbrechens wird, stand nicht in ihrem Arbeitsvertrag. Zusammen mit ihren Kollegen soll sie die Hintergründe des Mordes an einem Berliner Schönheitschirurgen aufklären. Dabei wird schnell klar: Der Professor war kein Chorknabe und seine Familie hat so manch dunkles Geheimnis, das weit in die Vergangenheit führt und nicht nur Judith in Lebensgefahr bringt.

Sommernachtsmord

Und noch ein heikler Auftrag für „Lady Kaa" und ihr Team vom Kudamm 216: In Berlin Wannsee werden zwei Leichen gefunden. Die Ermordeten hatten sich 1968 während einer Klassenfahrt abgesetzt, angeblich in das Heiratsparadies Gretna Green. Seitdem fehlte von ihnen jede Spur. Jetzt steht Konstantin von Kaldenberg unter Mordverdacht, denn die Ermordeten waren seine Geliebte und sein bester Freund. Kaldenberg gerät in Panik und bittet seine Exfrau, die Krimiautorin Alice, um Hilfe. Die Suche nach dem wahren Täter führt Alice und ihre Mitarbeiter nicht nur zurück in den „Sommer der Liebe", sondern auch in eine geheimnisvolle und lebensgefährliche Welt aus Tausendundeinem Albtraum.

Erpresst

Panik am Kudamm 216: Alice von Kaldenberg, genannt Lady Kaa, ist spurlos verschwunden. Und das ausgerechnet während der Frankfurter Buchmesse, auf der ihr neuester Krimi vorgestellt werden sollte. Steht ihr Verschwinden in Zusammenhang mit dem Mord an Filmmogul Hermann Wiesenhagen, der Alice kurz zuvor in einer mysteriösen

Angelegenheit um Hilfe gebeten hat? Als auch noch ein Schriftstellerkollege, mit dem sie in einer Talkshow über wahre Kriminalfälle diskutiert hat, tot in seinem Hotelzimmer aufgefunden wird, steht Alice plötzlich unter Mordverdacht. Der dritte Fall aus der Reihe Kudamm 216 stellt das Team und Exmann Konny vor große Herausforderungen. Werden sie Lady Kaa retten können?

Blogbuch

Snowbirds – Mein Winter in Florida

Welcome to Paradise: Millionen Menschen träumen davon, den Winter in Florida zu verbringen. „Später mal", das versprach sich auch Nika Lubitsch jedes Mal, wenn sie aus dem Urlaub zurückkehrte. Jetzt hat sie ihren Traum vom Überwintern im Sunshine State wahr gemacht und festgestellt, dass dort nicht nur Orangen blühen, sondern auch Zitronen wachsen. In ihrer unverwechselbar schnodderigen Art hat die Berliner Bestsellerautorin ihre Erlebnisse gebloggt, in der Nachschau kommentiert und mit Tipps für Snowbirds versehen. Herausgekommen ist ein erfrischend anderer Führer durch den floridianischen Winter: Florida für Fortgeschrittene.

Social Fiction-Thriller

Alligator Valley – Krokodile weinen nicht

Ein 13-Jähriger wird in einem Krankenhaus in Berlin gekidnappt. Im Golf von Mexiko wird ein Casinoschiff entführt. Beide Verbrechen haben das gleiche Ziel: Die Operation von alten Menschen soll erzwungen werden.

»Alligator Valley – Krokodile weinen nicht« führt den Leser ausgehend von den sechziger Jahren des vorigen Jahrhunderts in das Jahr 2053, dessen Realität uns näher ist, als wir denken. Nach einem Cyber-Krieg ist die Welt aus den Fugen geraten. Damit die Jungen genug zum Leben haben, werden Menschen über 75 Jahren nicht mehr ärztlich betreut. Alte, die es sich leisten können, kaufen sich in die Alligatorenstaaten ein. Diese Altenrepubliken sind nach dem Alligator benannt, der doppelt so alt wird wie jedes andere Krokodil.

Der 13-jährige Urs und seine Familie in Berlin sowie die TV-Frau Alice und ihre Freunde im »Alligator Valley« sind die Helden dieses Social-Fiction-Thrillers. Als durch einen rätselhaften Zwischenfall alle Satellitenverbindungen rund um den Globus zusammenbrechen, steht die Welt vor dem Kollaps, auf den sie seit Jahren hintaumelt. Nur in den Alligatorenstaaten haben die Menschen damit kein Problem, denn die Alten haben die Technik und das Know-how von gestern. Ausgerechnet die ausgemusterten Alten könnten jetzt die Jungen retten. Aber wollen sie es auch?

Kurzgeschichten

Strandglut – 27 Short(s) Stories

Eine Weltreise für die Badetasche: Besuchen Sie eine mörderische Familie auf einer Südstaatenfarm oder Istanbul mit einem Berliner Gemüsehändler, stimmen Sie ein in den New York City Blues oder bangen Sie mit der Braut in Las Vegas. Besuchen Sie das Everl auf der Alm oder fliegen Sie mit einer Klatschreporterin in die aufgehende Sonne. Verlieren Sie Ihr Herz in Disney World und erleben Sie einen Sonnenuntergang in Acapulco. Die Daheimgebliebenen finden den Mörder von Adele und das Geheimnis des Brühwürfels, Sie gehen auf einen nächtlichen Raubzug in Berlin und zeigen einem Callboy, wie Mann es richtig macht. 27 hinterhältige Short Stories, mal romantisch, mal spannend, aber immer mit einem überraschenden Ende. Coole Geschichten für heiße Tage.

Printed in Germany
by Amazon Distribution
GmbH, Leipzig

20022171R00157